글쓰기의 상식에 헤딩하기

글쓰기의 상식에 헤딩하기

개떡같이 메모하고 찰떡같이 연결하라

유귀훈 지음

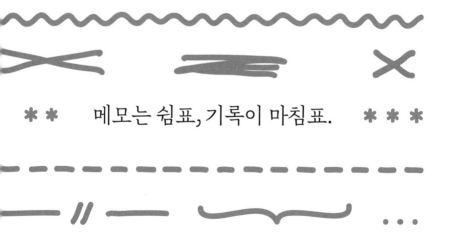

메모는 쉼표, 기록이 마침표.

블루페가수스

일러두기

- 책은 《 》, 신문과 잡지, 영화, 만화는 〈 〉, 기사와 보고서 제목은 ' '로 표시했다.
- 인용한 글은 " " 안에 넣고, 출처를 밝혔다.

"지식인은 쉬운 것을 어렵게 말하고,
예술가는 어려운 것을 쉽게 말한다."

– 찰스 부코스키|1920-1994

쓰기의 다른 방법

친구가 놀리듯이 말하곤 했다. 작가의 소질은 쥐뿔도 없는 내가 30년간 전업작가로 사는 게 용하다고. 나도 100퍼센트 인정한다. 그러면서 빚 갚는 셈치고 그 요령을 뱉어내라고 했다. 나도 진작 그러고 싶었지만 쉬운 일은 아니었다. 먼저 우리가 익히 아는 '글쓰기의 상식'이 무용지식인지 아닌지부터 따져봐야 해서다. 왜냐면 나는 30년간 쓰지 않았으니까.

2012년에 《기록입문》을 냈다. 그 책이 절판된 후 아름다운재단에서 우연히 헌책을 발견하고 '기록 입문'이라는 주제로 강의를 요청했다. 2018년 10월이다.

강의에서 오랫동안 업무일지를 꼼꼼하게 작성하고 있다는 사람이 물었다.

"(내가) 기록을 열심히 잘하고 있는 게 맞죠?"

"아닌데요, 그건 메모에 불과한데요."

여기도 참석자 대부분이 메모와 기록을 구분하지 못했다.

책과 서적, 책방과 서점, 신과 신발, 해와 태양 등은 표현은 다르지만 뜻이 같은 동의어다. 메모와 기록도 동의어로 알고 있는 사람이 아주 많다. 서점에 나와 있는 메모에 관한 책이나 신문 등에서도 이런 경우가 출처를 밝히기가 무의미할 정도로 부지기수다.

"강연을 들으러 가는 것은 좋은 경험이다. 이때 필요한 것을 들으면서 떠오르는 생각을 메모하고, 자기 생각을 발전시켜 보고, 의문점을 기록해둔다."

"특히 언어가 문제가 되는 해외 근무에서는 메모를 하지 않으면 일을 진행할 수가 없다. 회의 때마다 온 정신을 집중하여 열심히 기록했다."

"상대의 이야기나 회의 때 나온 의견 중에서 미처 예상하지 못했던 사실을 중심으로 메모하는 것이다. 찬성 의견보다는 반대 의견을 주로 기록하다 보면 프로젝트의 문제점이 무엇인지 쉽게 드러난다."

"앞으로 읽고 싶은 책의 주제나 신문, 책, 광고 중에서 읽고 싶은 책 제목 등을 메모해둔다. 숫자를 인용하여 이야기를 하면 말이 보다 구체적으로 느껴지고, 듣는 사람도 더욱 흥미를 느끼므로 숫자를 반드시 기록해 두도록 하자."

메모를 전혀 안 하는 사람은 드물다. 어떤 식으로든 메모한다. 하지만 대부분 메모와 기록을 구분하지 못해서 그런지, 메모만 한다. 그러면서 메모 습관이나 요령 등을 설명하는 책마다 강조하는 '억대 연봉을 받는', '자신의 분야에서 성공하는', '전문가가 되는' 그런 기대를 한다.

메모와 기록만큼 많이 혼용하는 단어가 정보와 통신이다. "행복은 방향이다, 위치가 아니라." 등의 명언을 남긴 미국의 칼럼니스트 시드니 해리스1917-1986가 그 차이점을 이렇게 설명했다.

"정보와 통신이라는 단어를 혼용하는데 두 단어는 매우 다르다. 정보는 나눠주는 것이고, 통신은 통과하는 것이다."

나는 이렇게 설명한다.

'메모와 기록이라는 단어를 혼용하는데 두 단어는 매우 다르다. 메모는 모으는 것이고, 기록은 그들을 연결하는 것이다.'

기록은 메모를 모으고 연결하여 매듭을 지은 한 편의 결과물이다. 가령 레고 장난감의 낱개 블록이 메모, 블록을 연결하여 만든 하나의 작품이 기록이다. 간단하게 말해 메모는 쉼표, 기록이 마침표다.

번역 일을 하면서 소설 《하얀 전쟁》 《헐리우드 키드의 생애》 《미늘》 《미늘의 끝》 등을 발표한 안정효 선생이 월간지 〈채널예스〉와의 인터뷰에서 말했다.

"하루에 영화를 3-4편씩 보면서 좋은 대사를 메모하고 있다. 지금까지 대략 3000편의 영화에서 좋은 대사를 뽑아 메모했다. 1년 정도 더 작업을 해서 책으로 낼 생각이다."

어떤 의도를 갖고 수집한 3000여 편의 영화에서 뽑은 메모를 연결한 《안정효의 오역사전》(2013년)이 한 편의 기록이다.

그러자 모두 "아! 알겠다, 메모와 기록이 뭐가 다른지 알겠다"고 말해주었다. 그러고는 "그럼 어떻게 하면 '메모하고 기록하기'를 잘할 수 있냐?"고 물었다.

하지만 나는 그때까지 메모와 기록이 다르다는 것만 설명했다. '메모하고 기록하기'를 연결하여 설명할 생각을 못했다. 사실 인공의 모든 일이 메모하고 기록하는 일이다. 내 직업인 책 쓰기뿐만 아니라 음악, 영화, 건축, 과학 등 다른 부문의 전문가들도 암묵적으로 사용하는 공식이다. 너무 광범위해서 엄두가 안 났고, 콘크리트처럼 딱딱하게 굳은 '글쓰기의 상식'에 헤딩하기도 겁났다.

　강의를 마칠 때 모두 아쉬워했다. 그 분위기, 표정들이 아직 내 마음에 남아 있을 때 아래 글을 만났다.

　"당신이 상식을 뒤엎는다면 일단 그 이유 하나만으로도 박해를 받을 가능성이 크다. 하지만 너무 뻔하여 논쟁의 여지가 없는 주장을 위하여 구태여 논설문(책)을 쓸 필요는 없다. 공부의 목적 중의 하나는, 논쟁의 여지가 있는 영역에서 자신의 입장을 명확히 하고, 그 입장을 남에게 공적으로 설득하기 위한 것이다."(김영민 교수, '큰 덩치 눕힐 때 쾌감처럼, 설득력 있게 상식 뒤집을 때 섹시', 〈중앙선데이〉, 2019. 2. 9)

　이 글을 읽으면서 나는 이렇게 중얼댔다. '그래, 한번 해보지 뭐. 뭐든 다양한 관점에서 접근해야 더 나은 해답이 나올 수 있으니까. 이 기회에 모두가 어려워하는 기존의 머릿속 글쓰기 상식에서 벗어나면 좋겠지만 설령 실패해도 메모와 기록의 연결관계라도 분명하게 인식시키면 그것도 성과라고 할 수 있겠지.'

"상식에서 벗어나지만 설득력 있는 주장을 해내는 사람은 섹시하다"(위의 기사)고 했는데, 혹시 나도 섹시해지든지 아니면 머리가 깨지든지. 아무튼 이 책은 거의 콘크리트처럼 굳은 기존의 글쓰기 상식에 대놓고 헤딩하는 첫 번째 책이지 싶다. 이 책이 나오면, 오랫동안 주저주저하기만 하던 내 등을 떠밀어준 아름다운재단에 가장 먼저 보낼 생각이다.

미리 신고하는데, 이 책은 " "로 표시한 인용문이 꽤 많다. 내 원고를 먼저 읽어본 지인들이 인용문을 좀 추려내고, 대신 내 생각을 좀더 많이 쓰면 어떠냐고 했다. 하지만 나는 의도적으로 인용문을 많이 실었다. 이 책의 주제인 '쓰기의 다른 방법'인 메모하고 메모하고 연결하기를 노골적으로 드러내기 위해서다.

'쓰지 말고, 메모하고 연결하자'는 게 이 책이 전하고자 하는 메시지이지만 어쨌든 이 책은 '글쓰기 책'으로 소개될 거다. 하지만 나는 글쓰기 책을 낼 만한 이력이나 내세울 만한 작품이 없다. 보통 이럴 때 각 분야에서 인정받은 저자의 작품에서 자신의 생각을 뒷받침해 주는 인용문을 빌린다. 인용문이 좀 많은 이유는 이미 설명했고, 내 생각은? 우리는 목수의 손을 본다. 재목을 고르고 자르고 이어 붙이는 그의 가벼운 손동작에 감탄한다. 그러나 목수는 나무를 고르고 자르기 전에 자신이 만들 '그것'을 생각한다. 그가 완성한 '그것'이 그의 생각이다.

전 세계적으로 수천만 부가 팔리고, 영화로도 만들어진 움베르토 에코1932-2016의 소설《장미의 이름》이 나오기까지 과정을 담은《장미의 이름 작가노트》에서 에코가 말했다. "나에게는 다른 텍스트에서 인용한 상당량의 파일 카드가 있었다. 그 카드들은 바로 내 팔꿈치 아래에 있었다. 나는 이 카드들을 내 책에다 짜깁기했다. 나는 이렇게 쓴 것을 뒤에 일관된 마감질 과정에서 다시 손질했기 때문에 기운 자국이 별로 보이지 않았다."

에코처럼 하는 게 보통이지만 의도적으로 기운 자국이 다 보이게 한 원고를 덥석 안아준 블루페가수스 조자경 대표께 감사한다. 그녀가 아니었다면, 이 책이 나올 수 있었을지 모르겠다. 이 책의 첫 공식 독자가 되어준 편집부 정민규 팀장께도 감사한다. 꽤 많은 내용이 그의 도움으로 보완되고 다듬어졌다. 이 책에 등장하는 인용문의 저자들께도 감사한다. 그들이 아니었다면, 이 책은 아예 싹조차 나오지 못했다.

유귀훈

차례

PART 1

메모는 쉼표, 기록이 마침표

PART 2

메모를 연결하여 책 쓰기

PART I

메모는 쉼표,
기록이 마침표

레오나르도 다빈치가
아쉬워한 것은

~~~

화가이자 조각가, 발명가, 건축가, 기술자, 해부학자, 식물학자, 도시 계획가, 천문학자, 지리학자, 음악가였던 레오나르도 다빈치₁₄₅₂₋₁₅₁₉는 익히 알려진 대로 '메모광'이었다.

그림, 조각, 건축, 토목, 인체, 동물 해부, 기계, 군사, 로봇 공학, 수학, 천문학, 수로학, 공기역학, 물리학, 광학, 동물학, 식물학, 음악, 의상, 무대 디자인 등등 23권의 노트에 남긴 메모가 모두 7200쪽에 이른다. 그런 다빈치가 물리학 노트 속표지에 이런 메모를 남겼다.

"여기 메모한 것은 각종 논문에서 베껴 와 아직 정리가 되지 않은 초고 상태이니 나중에 주제에 맞게 분류해주기 바란다. 똑같은 내용을 수차례 반복 메모한 것도 있으니 양해를 부탁하는

바이다."(우젠광,《레오나르도 다 빈치의 두뇌 사용법》)

임종을 앞둔 레오나르도가 그를 간호하던 애제자 프란체스코 멜치1493-1570에게 종이와 펜을 달라고 했다. 그리고 마지막 메모를 남겼다.

"하루하루를 즐겁게 보내면 단잠을 잘 수 있듯 후회 없는 삶을 살았다면 행복한 임종을 맞을 터인데. 평생 값어치 있는 일을 하나도 하지 못한 게 안타까울 따름이다."(위의 책)

레오나르도는 분명 메모와 기록의 차이점을 알았다. '여기 메모한 것은 각종 논문에서 베껴 와 아직 정리가 되지 않은 초고 상태'라고 말하지 않았나. 위대한 레오나르도가 아쉬워한 건 그 많은 메모를 연결하여 기록으로 매듭짓지 못한 것 아닐까.

아직도
주입식 글쓰기?

〜〜〜〜〜

이 책을 내기 전까지, 나는 "메모와 기록은 다르다. 그런데도 모두 메모만 하고, 기록을 안 한다. 그래서야 전문가가 될 수 없다"는 논리만 열심히 전파했다. 한 번 더 복기하면, 현대 국어사전이 정의하는 전문가란 "어떤 특정한 부문을 오랫동안 연구하거나 종사하여 그에 관한 지식과 경험이 풍부한 사람"이다. 하지만 '오랫동안', '풍부한' 정도로는 어디까지가 비전문가이고 어디서부터가 전문가인지 기준이 명확하지 않다.

미래학자 앨빈 토플러1928-2016가 《제3의 물결The Third Wave》(1980)에서 "미래 정보사회는 어떤 분야나 대상에 대한 과거의 경험과 지식을 수집하고 응용하여 현재에 적용할 수 있는 새로운 이론이나 방법을 만들어내는 전문가의 시대가 될 것이다"라고 말했다.

　정보사회와 전문가 시대가 함께 올 거라고 전망한 앨빈 토플러의 정의를 빌리면, 전문가는 이론이든 방법이든 혹은 작품이든, 무언가를 만들어내는 사람이다. 즉 '아웃풋output'이다. 모든 생산 활동에서, 투입되는 재료를 뭉뚱그려 '인풋input'이라 하고, 그 결과물로 만들어지는 것을 '아웃풋'이라고 한다.

　소위 전문가라는 사람들은 거의 대부분 메모광이다. 작품 구상과 아이디어, 자신의 느낌과 감정까지 메모에 담는다. 달리기가 모든 운동의 기본이듯이 메모는 모든 학문과 예술의 기본이다. 전문가가 아닌 사람들도 메모는 한다. 전혀 메모를 안 하는 사람은 드물다. 그러나 단편적인 메모, 즉 인풋만 하다가 끝난다. 전문가들은 메모하고 메모하고 연결한다. 인풋과 인풋을 연결하여 어떻게든 아웃풋을 만들어낸다.

　에버노트 같은 메모앱에 엄청난 양의 메모를 모아 놓았다고 자랑하는 사람들이 있다. 그것만으로도 대단한 일을 한 것은 맞다. 하지만 메모는 어디까지나 인풋에 불과하다. 인풋이 아무리 많아도 아웃풋을 만들어내지 못하면 그저 혼자 즐기고 만족하는 아마추어일 뿐이다.

축음기(1877), 백열전구(1879), 영사기(1891) 등등 평생 1091개의 발명특허—아웃풋—를 낸 토머스 에디슨1847-1931이 그 비결을 털어놓았다.

"나는 나 이전의 마지막 사람이 멈추고 남겨놓은 것에서 출발한다. 먼저 남들에게서 훔치고, 그것으로 새로운 조합을 만들어낸다."

'훔치고'는 너무 솔직해서 오히려 부담스러운 표현이다. 순한 말로 다듬으면, 다른 사람들의 지식과 경험까지 메모하고 메모하고 연결한다는 말 아닌가.

전문가라면 전 세계에 창조 열풍을 몰고 온 스티브 잡스를 빼놓을 수 없다. "스티브 잡스1955-2011의 천재성은 기존의 제품들을 연결하고 개량하여 새로운 제품을 만들어내는 편집 능력이다"라고 말한 사람이 《티핑 포인트》《블링크》《아웃라이어》 등의 저자 말콤 글래드웰이다. 에디슨이 털어놓은 "먼저 남들에게서 훔치고, 그것으로 새로운 조합을 만들어낸다"와 거의 같은 말이다. 하긴 잡스도 "창의성은 단지 무언가를 연결하는 것이다 Creativity is just connecting things"라고 말한 적이 있으니까.

2007년 6월, 음악(기존의 아이팟), 휴대전화, 인터넷까지 되는 아이폰이 출시되자, 휴대폰 시장을 선점하고 있던 블랙베리

BlackBerry의 CEO 마이크 라자리디스가 한숨을 쉬며 말했다. "도대체 스티브 잡스는 어떻게 이런 물건을 만들어낼 수 있는 거야?"

아이폰을 분해해서 안을 들여다본 라자리디스가 그때의 충격을 이렇게 말했다. "마치 기존의 맥컴퓨터를 휴대폰 안에 구겨 넣은 것 같았다 It was like Apple had stuffed a Mac computer into a cellphone."

에디슨, 잡스처럼 각자의 일이나 분야에서 무언가를 만들어내는 전문가의 일을 《메가트렌드 Megatrends》(1982)의 저자 존 나이스비트가 이렇게 정리했다.

"많은 이들이 알버트 아인슈타인1879-1955이 '상대성 이론'을 무에서 창조해냈다고 하지만, 실제로 그는 '익은 과일'을 딴 것뿐이다. 우리는 언제나 빈손으로 시작하지 않는다. 어디엔가 필요한 조각들이 있다. 서로의 귀퉁이가 꼭 들어맞는 연결되는 조각들을 찾는 게 전문가들의 일이다."《마인드세트 Mind Set》)

미국 시사주간지 〈타임〉이 '2007년 최고의 발명품'으로 선정한 아이폰에 새로운 건 없었다. "창조는 신이 하고, 인간은 재창조한다"는 말대로 이 세상에 그 어떤 것도 자가생산되는 법은 없다. 존 나이스비트가 표현한 '익은 과일 따기'뿐이다. 여기저기서 서로의 귀퉁이가 들어맞는 조각들을 찾아내 연결하는 재창조에 공감한다고 하면서도 유독 아직까지 자가생산의 개념을 유지하는 게 '쓰기'다. 머릿속에서 무언가를 생각하여 글로 나타낸다는 '쓰기' 말이다.

쓰기에서 생각, 즉 재료의 범위를 '머릿속'으로 제한한 건 어쩌면 이전의 주입식, 암기식 교육과도 상관이 있을 것 같지만, 사실 시대 불문, 분야 막론하고 머릿속 생각만으로 책을 쓰는 저자는 없다.

"나는 내 머릿속 자료를 그다지 신뢰하지 않는다. 양이 많지 않기 때문이다. 그 대신 인터넷과 책에서 열심히 찾는다. 찾으면서 영감을 얻는다. 자료를 찾기 전에는 내 머릿속에 없던 생각이 떠오르기도 한다."《강원국의 글쓰기: 남과 다른 글은 어떻게 쓰는가》의 저자가 말한 대로다.

거의 모든 저자가 수많은 책과 자료를 빌려 메모하고 메모하고 연결한다. 자료의 양뿐만 아니라 더 정확하고, 더 풍부하고, 더 최신 자료도 대부분 바깥에 있으니 말이다.

30년간 글쓰기 워크숍과 교실을 운영하며, 스스로 '전형적인 글쓰기 교육에서 절망을 맛본 학생들을 실패의 수렁에서 탈출시키는 교육자'라고 소개하는 바버라 베이그가《하버드 글쓰기 강의》에서 이렇게 정리했다.

"자신의 생각을 뒷받침할 자료를 먼저 모으고, 그중 필요한 자료를 선택하고, 마지막으로 연결하라."

메모하고 메모하고 연결하라는 말인데, 누구라도 이의를 제기할 수는 없을 거다. 그 이유는 "인간의 인지 과정은 어디서 한 번 보았거나 들은 것을 생각해낸다. 생전 듣도 보도 못한 것은 절대 생각해낼 수 없다. 책에서든 신문에서든 영화에서든 어디서 본 것, 들은 것이 생각나는 법이다."(문화심리학자 김정운 박사,《에디톨로지 : 창조는 편집이다》)

내가 이 책을 엮기 위해 한 일도 책, 신문, 영화 등에서 메모하고 메모하고 연결한 것뿐이다.

아직도 머릿속 자가생산 쓰기를 고집하는 선생님이나 글쓰기 책이 있다면, 49세에 전업 작가가 된 뒤 60여 편의 소설과 시집, 수필집을 남긴 찰스 부코스키1920-1994에게 한 소리 들을 거다. "지식인은 쉬운 것을 어렵게 말하고, 예술가는 어려운 것을 쉽게 말한다"고 말이다.

메모하고
메모하고
연결하기

～～～

　우리는 같은 날, 같은 장소에서, 같은 신문사에 응시했다. 대학교 신문방송학과 동기다. 친구는 붙고, 나는 떨어졌다. 그 후 친구는 기자로 일하고, 나는 일반 기업체에 들어갔다. 영업부를 거쳐 홍보실에서 근무하다가 임시 TF팀으로 갔다. 우리 회사는 1945년생 해방둥이였고, 우리에게 주어진 임무는 45주년 창업 기념식에서 기업사company history 책자(보통 사사社史로 통하는데 한 기업의 역사를 정리한 책이다)를 무사히 배포하는 일이었다. 홍보실 대리인 나와 막 입사한 여사원 그리고 두 명의 외부 작가가 편찬실 무팀이 됐다. 광고대행사에서 추천해준 외부 작가들은 기업사 집필 경험은 없는 소설가와 시나리오 작가였다.

　나는 글도 모르고 기업사도 몰랐지만 그래도 픽션(소설과 시나리오)과 논픽션(기업사)을 쓰기 위해 '사용하는 근육'이 꽤 다르다는 정도는 알았다. 소설가는 한 달 만에 자진 하차하고, 시나리오 작가는 몇 개월 뒤에 하차당했다. 그가 몇 개월 동안 편찬실에 나와서 한 일은 다른 회사 기업사를 읽는 일이었다. 그러기에는 우리에게 주어진 작업 기간이 충분하지 않았다.

우리 회장님이 좋아하는 칼럼을 쓰는 신문사 논설위원을 새로 모셨다. 선생님은 여러 권의 기업사를 집필한 경험이 있었다. 하지만 너무 거물 인사를 모신 덕에 원래 작가들이 다 하기로 했던 문서창고를 뒤지고 필요한 자료를 찾는 일이 내 일이 되고 말았다. 나는 오래된 자료를 뒤지고 필요한 내용을 메모하여—인용 또는 요약하여—선생님께 전달했다. 선생님은 내가 여기저기서 그러모은 메모를 연결하여 《45년사》를 완성했다.

인용은 다른 자료의 내용을 그대로 빌린다. 그리고 " "로 표시한다. 요약은 다른 자료에서 기초적인 사실만 빌린다. 저자의 분석이나 해석, 감상 같은 건 노터치한다. 이렇게 수집한 메모를, 설령 똑같은 내용의 메모를 사용해도 작가마다 각자 다른 글을 만들어낸다. 작가의 의도나 시각에 따라 기초적인 사실들을 다르게 분석하고 다르게 해석하기 때문이다. 설령 비슷하게 분석하고 해석해도 메모의 순서를 다르게 연결하면 전혀 다른 글이

탄생한다. 야구에서 똑같은 공을 사용해도 어떤 투수는 직구를 던지고 어떤 투수는 커브나 싱크를 던지는 것과 같다. 독자들은 매번 다른 공을 보게 된다.

작업이 끝난 후 선생님이 나를 칭찬해줬다. 기업사든 신문이든 책이든 필요한 자료를 찾아 메모할 줄 알면 다 된 거라며, 나에게 기업사 작가의 일을 추천했다. 그러면서 글은 메모하듯이—메모하고 메모하고 연결하여—쓰면 된다고 말해줬다. 나는 새로 배치받은 마케팅실에서 잠시 일하다가 겁도 없이 사표를 냈다.

나는 그동안 글쓰기 책보다는 메모하는 요령과 습관을 일러주는 책을 훨씬 더 많이 읽었다. 어느 정도 배우고 나니, 사실 메모하는 데 특별한 공식이나 방법은 필요 없다는 걸 알게 됐다. 그저 보고, 듣고 혹은 생각나는 것을 어떤 식으로든 붙들기만 하면 된다. 지금은 프랑스 사진작가 앙리 카르티에 브레송1908-2004이 《영혼의 시선》에 남긴 이 말만 기억한다.

"사진기는 내 눈의 연장이 되어 한시도 곁을 떠나지 않았다. 마치 현장범을 체포하는 것처럼 길에서 생생한 사진들을 찍기 위해 나는 바짝 긴장한 채로 하루 종일 걸어 다니곤 했다. 무엇보다도 돌발하는 장면의 정수精髓를 단 하나의 이미지 속에 포착하고 싶었다."

앙리가 라이카35밀리 소형 카메라만 사용한 것도 가볍고 빠르게 결정적 순간을 메모하기에 유리해서였다. 작은 카메라를 손에서 놓지 않았고, 틈만 나면 순간적으로 초점을 맞추고 셔터를 누르는 훈련을 했다. 다른 사진가처럼 연출이나 트리밍은커녕 플래시조차 사용하지 않았다. 말년에는 아예 사진기를 내려놓고 진짜 데생 연필을 잡은 앙리는 메모의 가치와 타이밍까지 콕 짚어주었다.

"우리는 사라지는 것들과 같이 노는 것인데 일단 사라지고 나면 그것들을 되살려낼 수는 없다."《영혼의 시선》

짜깁기
기술자들

〰〰〰

　나는 몇 권의 기업사 책을 집필했다. 하지만 신문사에 들어간 친구는 만날 때마다 고개를 갸우뚱했다. "네가 작가면 난 작가 할배다!"는 표정이었다. 사실 나는 신문기자는 그저 희망사항이었다. 애당초 자격미달이었다. 누구처럼 특별히 글쓰기 소질이 있는 것도 아니고, 학교 성적도 중간에서 한참 아래였다.

　대학교 4년간 'A'는 세 개를 받았는데, 그중 두 개는 1학점짜리 선택 교양과목(수영과 테니스)이었다. 다른 하나가 필수영어인데 그건 '커닝' 실력이었다. 여교수가 출석부를 뒤적이다가 가장 많이 빠진 나에게 해석을 해보라고 했다. 나는 교재도 없이 앉아 있었다. 내 옆에 앉아 있던 여학생이 얼른 교재를 밀어 주었는데, 밑에 한글로 번역을 해놓았더라. 나를 창피하게 만들 요량이었던 여교수가 깜짝 놀랐다. 'A'를 받고 나도 깜짝 놀랐으니까.

나는 여러 번 고비를 넘겼다. 마지막 학기에, 또 고비가 있었다. 독일에서 박사학위를 받은 젊은 교수가 시험시간에 계속 힌트를 주었다. 다른 학생들은 좋아서 어쩔 줄 몰라 했지만, 나는 짜증이 났다. 그 교수가 무엇에 대해 힌트를 주는지도 몰랐기 때문이다. 나에게는 단지 시끄러운 소음에 불과했다. 백지를 내고 나와 버렸다. 교수는 당연히 'F'를 주었다. 4학년 2학기 전공과목이니 나는 졸업을 할 수 없게 되었다.

나는 초중고등 학생 시절은 꽤 공부 잘하는 학생이었다. 그러나 대학교에 와서도 여전한 주입식 교육에 불만이 많았다. 교수들이 선정한 교재나 그들이 말해주는 내용을 그대로 외워 써내는 평가가 싫었다.

"선생들은 마치 파이프에 지식을 쏟아붓듯이 우리 귀에 대고 소리를 쳤으며, 우리가 할 일은 그들이 말해주는 것을 그냥 그대로 암기하는 것뿐이었다. 우리는 그냥 기억력을 가득 채우기만 하면 되었다." 16세기 인문주의자 몽테뉴의 이 말을 언제쯤 만났는지는 기억이 안 나지만, 젊은 시절은 감정적으로 주입식 교육이 싫었고, 나이 들어서는 이성적으로 반대했다. 그러고 보면 나는 공부는 못했지만 생각은 꽤 개혁주의자였던 셈이다.

하지만 욱하는 성깔머리 때문에 사태가 악화되자 다른 학생들이 교수를 찾아가 선처를 부탁했다. 나도 교수를 만나 내가 잘못했지만 선생님도 원인을 제공했다고 말했다. 다행히 과제물을 내고 학점이 'F'에서 'D'로 수정됐다. 어쨌거나 나는 공부에도 글쓰기에도 이렇다 할 소질이 없는 학생으로 졸업했다.

친구는 만날 때마다 그런 나를 놀려 먹었다. 나는 그 친구에게는 내가 '주입식 학창 시절'을 졸업한 후 익힌 '메모하고, 메모를 연결'하는 요령은 끝까지 말하지 않았다. 알고 보면 너무나 간단한 그 요령 때문에 또 놀림을 당할 수도 있고, 살짝 뒤끝이 작용하기도 했다.

내가 회사에 다니던 때는 인터넷은 고사하고 컴퓨터도 잘 사용하지 않던 시절이었다. 대신 내외부 문서, 신문잡지 기사 스크랩, 카탈로그, 책 등을 따로 모아놓는 자료실이 가까이 있었다. 나는 자료실을 수시로 들락날락했다. 광고대행사에 잠시 근무한 걸 큰 벼슬처럼 생각하던 홍보실장이 아침저녁으로 크리에이티브한 아이디어를 요구했지만 내 머리에는 든 게 없었다.

보통 작가들이 어린 시절을 반추하면 꼭 등장하는 게 독서다. 대부분 독서광이다. 솔직하게, 나와는 거리가 아주 먼 얘기였다. 하지만 많은 사람들이 작가는 원래부터 아는 게 많다고 생각하는 것 같다. 그런 사람도 있겠지만 반드시 독서량이 아주 많거나 머릿속 지식이 많아야 작가가 되는 건 아니다. 오히려 더 많은 작가들이 처음부터 많이 알아서 쓰기보다는 쓰기 위해 공부를 하다 보니 많이 알게 되는 편이다.

일본의 논픽션 작가 다치바나 다카시는 한 권의 책을 쓰기 위해 최소한 백 권의 책을 읽는다고 한다. "나는 어떤 책이든 집필을 시작하기 전에 읽는 책은 5%도 될까 말까 하고, 나머지는 대부분 집필하면서 읽는다."《나는 이런 책을 읽어 왔다》)

40세가 넘어 전업 작가로 나선 후 40년간 픽션과 논픽션을 가리지 않고, 700여 권의 단행본을 낸 마쓰모토 세이초1909-1992도 "나는 공부하면서 쓰고, 쓰면서 공부한다"고 했다.

딱 내 경우다. 나는 어떤 작업을 시작하면 온갖 자료를 섭렵하고, 인터뷰도 엄청 많이 한다. 책이든 다른 자료든 사람이든 가리지 않고, 읽고 찾고 만난다. 전문가라서 책을 쓰는 게 아니라 책을 쓰면서 전문가가 된다는 말이다.

나는 바깥에서 대부분의 아이디어와 자료를 빌렸다. 자료실을 뒤져 이전에 누군가 작성한 제안서나 기획안, 책, 잡지, 카탈로그 등에서 이것저것 메모하여 짜깁기했다. 그런데 그렇게 작성한 보고서나 기획안이 좋은 결과를 낼 때가 많았다. 한번은 자료실에서 다른 자료를 찾다가 외국 컨설팅 업체가 남긴 보고서를 발견했다. 우리 회사의 경영 전반을 컨설팅하고 제출한, 꽤 '비싼' 보고서였다. 내가 찾는 자료가 아니었지만 혹시 홍보나 광고와 관련된 게 있을까 하고 넘겨보다가 '우리 회사 TV광고 콘셉트에 일관성이 없다'는 한 문장을 발견했다.

그동안 어깨너머로 보고 들은 게 있어서 무슨 말인지 금방 감이 왔다. 광고 콘셉트가 자주 바뀌면 뭐가 안 좋은지는 다른 책과 자료에서 메모하고, 그동안 우리 회사가 실시한 TV광고와 업계 1위 기업의 TV광고를 메모하여 비교했다. 그 기획안이 채택되는 바람에 애꿎은 TV광고 대행사가 바뀐 적도 있었다. 대행사가 광고를 만들어오면 이것저것 바꾸고 뒤집은 건 경영진이었는데 말이다.

회사에서 좋은 평가를 받을 때마다 나는 나의 '짜깁기 기술'이 부끄러웠다. 그런데 나중에 알았지만, 나만 그러는 게 아니었다. 학자나 작가나 예술가 중에 짜깁기 기술자가 적지 않았다. 한참 더 나중에는 모두가 짜깁기 기술자라는 사실을 깨달았다.

《이야기 그림, 그림 이야기》의 저자 김정헌 화가의 말대로다.

"인류의 역사에서 주위의 도움 없이 살아온 사람이 있을까? 인류가 협력으로 진화해왔듯이 우리는 서로 끌어다 쓰고 빌려오고 밀어주면서 살아왔다. 이것이 우리의 몸에 각인된 인류의 지혜가 아닐까."('글쓰기와 그림 그리기에서 인용과 훔침', 〈한겨레〉, 2019. 4. 12)

《훔쳐라, 아티스트처럼Steal like Artist》의 저자 오스틴 클레온이 더 노골적으로 말했다. "알다시피 예술 작품은 역사 속 수많은 선배와 동료의 작품에서, 그리고 주변에서 일어난 사건에서 영향 받고, 영감을 얻으며, 도용하고, 슬쩍 베끼고, 똑같은 것을 다른 맥락에 놓고, 같은 것을 다르게 사용하는 등의 행위와 함께 만들어진다."

철학자 미셸 드 몽테뉴1533-1592는 보란 듯이 실천했다. 큰 책상 위에 책을 잔뜩 올려놓고 이 책 저 책 읽으면서 여기저기서 글을 인용했다. 그 글을 엮은《수상록Essais》에서 자신은 기억력이 좋지 않다며 이렇게 말했다. "꿀벌은 이 꽃 저 꽃을 빨아 꿀을 만든다. 그러나 그 꿀은 전적으로 꿀벌의 것이다. 나는 내 생각을 강조하기 위해서 남의 말을 빌린다. 남에게서 빌려온 구절을 변형하고 혼합해서 자기 작품, 자기 판단으로 만든다."

독일의 문헌학자이자 철학자 프리드리히 니체1844-1900는《차라 투스트라는 이렇게 말했다》에서 "모든 글 가운데 피로 쓴 것만을 사랑한다. 글은 피로 써야 한다"고 했지만 몽테뉴는《수상록》에서 "펜에 잉크를 적시면 될 일이지 굳이 피로 쓸 것은 없다"고 했다.

《비슷한 것은 가짜다》《고전 문장론과 연암 박지원》《열여덟 살 이덕무》《다산선생 지식경영법》《다산의 재발견》《미쳐야 미친다》《오직 독서뿐》《책벌레와 메모광》《사람을 읽고 책과 만나다》《습정》 등의 저자 정민 교수도 다양한 책에서 메모한 내용들을 종횡으로 연결하여 책을 엮어낸다.

"옛 선비들의 앉은뱅이책상 곁에는 으레 항아리나 궤짝 같은 상자가 놓여 있었다. 책을 읽다가 수시로 메모를 던져 넣었다. 책에서 베낀 메모, 떠오른 생각 메모 등. 그러다가 한가해지면 상자 안 메모를 꺼내 체계적으로 분류하고 묶어 책으로 묶어내곤 했다. 이런 비슷한 작업을 나도 그동안 참 많이 했다."《책벌레와 메모광》

동서고금을 막론하고 모든 저자가 메모를 활용한다. 메모의 양이나 질에 차이가 있을 뿐이다. 이미 누군가에 의해 입증된 사실이나 정보를 메모하고, 가끔 다른 사람들의 경험도 빌린다. 그렇게 모은 메모를 연결하여 자신이 주장하려는 사실이나 이론, 작품 등을 만들어낸다. 나처럼 머릿속 재료가 부족하면, 더 많은 메모를 활용하면 된다.

가끔 나에게 글 잘 쓰는 요령을 물어오는 분들이 있다. 딱히 해줄 말이 없다고 하면 실망한다. 그래도 30년간 전업작가로 살지 않았냐며 한 발 더 다가오면 무라카미 하루키의 말을 빌린다. 하루키가 《직업으로서의 소설가》에서 말했다. "나는 그대로 '덩어리째' 쏙 기억해 버린다. 그런 맥락 없는 기억이 내 머릿속 서랍에는 상당히 많이 수집되어 있다. 그렇게 각각의 서랍에는 다양한 기억이 정보로서 채워진다. 큰 서랍도 있고 작은 서랍도 있다. 개중에는 감춰진 포켓이 달린 서랍도 있다. 나는 소설을 쓰면서 필요에 따라 이거다 싶은 서랍에서 그 안의 소재를 꺼내 스토리의 일부로 사용한다."

거의 똑같다. 차이는 하나뿐이다. 머릿속 서랍을 메모장으로 바꾸면 된다. 나처럼 기억력이 나쁘거나 보통인 저자들은 주로 메모장을 사용한다. 메모장에 글로 쓸 만한 게 없으면 다른 책이나 인터넷에서 찾는다. 그래도 설명이 부족한 부분이 있으면 독자에게도 생각할 여지를 줘야 한다며 그대로 남겨 둔다. 글을 쓰든 그림을 그리든 대화를 하든 마지막 남은 것까지 꼭 채워야만 효과가 있는 건 아니다. 가끔은 빈 여백과 말하지 않은 여운이 더 정확하고 강한 메시지를 전달할 수도 있다며, 얼렁뚱땅 넘어간다.

꽤 많은 작가들이 절필한다. 어쩌면 너무 진지해서 그런다. 그들이 절필하는 건 글을 잘 못 써서가 아니다. 글을 너무 잘 쓰려고 하기 때문이다. 스스로 그런 중압감을 견디지 못하고 글쓰기를 중단한다. 나는 아마 당분간 절필 걱정은 안 해도 될 것 같다.

내 친구는 얼마 전에 30년간 근무한 신문사를 퇴사했다. 그동안 만날 때마다 나를 놀리던 친구가 이젠 도리어 내가 부럽단다. 하지만 그동안 내가 습득한 요령을 알게 된다면 너무 단순한 거 아니냐며 어이없어 할지 모른다. 어떤 책이든 시작하는 요령과 끝내는 요령뿐이다. 내 머릿속에 든 게 없어도 상관없다. 어떤 질문을 던지고 끈질기게 읽고 메모하고, 읽고 메모한다. 메모가 꽤 많이 모이면, 그때부터 찰떡같이 이어 붙인다.

쓰지 않는
작가들

~~~~~

언젠가 출판사에서 일하는 사람이 내 작업 방법을 책으로 묶어보라고 한 적이 있다. 그는 내가 무척 짧은 작업 기간에도 단 한 번도 펑크 안 내고, 의뢰받은 기업사 원고를 만들어내는 요령을 공유하면 좋을 거라고 말했다.

"네, 좋죠. 그런데 나는 글을 쓰지 않고요⋯."

그는 나를 이상한 눈으로 쳐다봤다. 그때 다른 사람이 합류하는 바람에 다음 말을 잇지 못했다. 다음부터 그런 말을 할 기회가 있으면, 이어서 빨리 말한다.

"나는 글을 쓰지 않고요, 메모하고 기록합니다."

그러면 대부분 눈을 껌뻑껌뻑한다. 명색이 작가라는 사람이 글을 안 쓴다는 말도 이상하지만 '메모하고 기록한다'는 말을 이해하지 못한다. 속으로 이렇게 생각하는 게 다 보인다.

'메모하면 메모하고, 기록하면 기록하는 거지 메모하고 기록하는 건 또 뭐야?'

메모 : 다른 사람에게 전하거나 기억을 돕기 위한 짤막한 글

기록 : 주로 후일에 남길 목적으로 어떤 사실을 적은 글

국어사전의 설명이 이렇게 어정쩡해서 그런지 '선무당'이 많다. 그나마 메모와 기록을 구분한다는 게 메모는 단편, 기록은 장편이라며 기발한 상상력을 발휘하는 사람도 있다. 메모가 간략하게 요점만 적는 짧은 글이라는 건 대체로 맞지만, 기록이 꼭 장편이라는 법은 없다.

메모와 기록은 짧고 긴 차이가 아니다. 앞에서도 말했지만 메모는 쉼표, 쉼표, 쉼표이다. 쉼표를 연결하여 마침표를 찍는 게 기록이다. 가령 사진도 한 컷, 한 컷은 메모와 같다. 기록사진은 여러 장의 사진으로 어떤 이야기를 만들어내는 것이다.

"어쩌다 그 형태가 너무도 완벽하고 풍부하며 또 그 내용의 호소력이 강해서 그 사진 한 장만으로 충분한, 그런 사진이 있다.

그러나 그런 경우는 자주 오지 않는다. 불꽃이 튀게 만드는 주제적 요소들은 대개 분산되어 있다. 어느 누구도 그것들을 억지로 한데 모을 수는 없다. 그것들을 연출하는 것은 속이는 짓일 뿐이다. 기록사진의 쓸모는 여기서 나온다."(앙리 카르티에 브레송,《영혼의 시선》)

영화는 수많은 숏shot(한 번의 액션과 컷 사이에 촬영한 영상)을 연결하여 만든다. 일단 대본에 있는 숏을 모두 촬영한 다음에 편집실에서 숏을 이어 붙인다. 몇 개의 숏을 연결하여 '어떤 어떤 장면'인 신scene을 만들고, 몇 개의 신을 이어 붙여 '짧은 이야기'인 시퀀스sequence를 만들고, 몇 개의 시퀀스를 이어 붙여 마침내 영화movie를 완성한다. 숏도, 신도, 시퀀스도 아직은 메모다. 마침내 완성된 한 편의 영화가 기록이다. 책도 마찬가지다. 일단 수많은 메모를 확보한 뒤 짧은 메모를 연결하여 짧은 이야기를 만들고, 짧은 이야기를 연결하여 긴 이야기를 완성한다.

공자BC 551-479에게 따라다니는 다양한 수식어에 작가도 빠지지 않는다.

"공자 또는 공부자는 유교의 시조인 고대 중국 춘추시대의 정치가, 사상가, 교육자이고, 노나라의 문신이자 작가이면서 시인

이기도 하다."(위키백과)

그러나 공자가 직접 쓴 책은 한 권도 없다. 다들 알다시피《논어》는 제자들이 공자의 언행을 메모하여 묶은 책이다. 공자가 제자들을 가르친《역경》《서경》《시경》《춘추》《예기》《악기》는 모두 그 시대의 고전에서 필요한 내용을 인용하여 묶었다. 공자는 "(나는) 있는 사실을 그대로 서술할 뿐 멋대로 지어내지 않는다(술이부작述而不作)"며 "실제 사례와 증거를 두루 인용(박인방증博引旁證)"《논어》〈술이〉편)할 뿐이라고 했다.

《열하일기》《연암집》《허생전》등의 저자로 조선 최고의 문장가라는 말을 들은 연암 박지원1737-1805은《허생전》에서 이렇게 말했다.

"글쓰기에는 법도가 있다. 소송하는 사람이 물증이 있어야 하고 장사치가 물건을 들고 사라고 외치는 것과 같다. 아무리 진술이 분명하고 올바르다 하더라도 물증이 없다면 이길 수 없다. 글을 쓰는 사람은 경전을 여기저기 인용해 자기 생각을 밝힌다."

몽테뉴도《수상록》에서 "나 자신의 고유한 것을 만들어내기 위해 남의 것을 이용한다. 글의 권위를 높이기 위해서가 아니라 자신이 말하고자 하는 것을 강조하기 위해서 기존의 글들을 인용하고 혼합하고 변형하는 건 당연하다"고 말했다.

《목민심서》《경세유표》《흠흠신서》 등 500여 권의 저서를 남긴 다산 정약용1762-1836도 강진 유배지에서 둘째 아들에게 보낸 편지에 그런 요령을 일러주었다.

"네가 닭을 키운다고 들었다. 농서를 읽고 좋은 방법을 골라 적용해 보아라. 닭을 색상별로 나누어 길러도 보고, 홰를 다르게 만들어도 보고, 어떻게 하면 다른 집 닭보다 살찌고 알을 더 많이 낳는지 연구해 보아야 한다. 또 때때로 닭의 모습과 행동을 시로 지어보면서 그들의 습관과 기호를 파악해 보아야 한다. 아무쪼록 다른 많은 책에서 닭 기르는 법에 관한 이론을 뽑아내어(메모하여) 스스로 익힌 방법과 연결하면 좋은 책이 될 것이다."(정약용, 《유배지에서 보낸 편지》)

다산은 초서鈔書(베껴 쓰기)를 잘하면 어떤 책이든 쓸 수 있다고 했다. 다산초당에서 공부한 제자들은 미리 공책과 붓을 준비하고, 책을 읽으면서 필요한 내용을 메모했다.

고려 말의 백운화상1299-1374은 부처님과 다른 스님들의 말씀과 편지 등에서 좋은 내용을 초록抄錄(필요한 것만 뽑아내는 것)하여 제자들을 가르쳤다. 스님이 타계하자, 제자들이 그가 초록한 법

문집《백운화상어록白雲和尙語錄》을 인쇄했다. 1377년 충청북도 청주 흥덕사에서 초인본을 인쇄했다. 밀랍자에 글을 새겨 만든 주형틀에 쇳물을 부어 만든 활자로 인쇄했다. 독일의 세공업자 요하네스 구텐베르크1398-1468가 1454년에 금속활자로 인쇄한《성서》보다 77년이나 앞선《직지심체요절》이다.

일단 무조건
써라?

〰〰〰

　자기소개서 쓰기, 보고서 쓰기, 신문이나 잡지기사 쓰기, 소설 쓰기, 수필 쓰기, 희곡 쓰기, 평론 쓰기 등등 온갖 종류의 글쓰기 방법을 설명한 책이 넘쳐난다. 그런데 아직도 대부분의 독자가 글쓰기를 어려워한다. 어쩌면 글쓰기 책들이 그렇게 만든다. 글쓰기란 "원래 고통스럽고 인내심을 바닥나게 하는 일이며, 작가들은 모두 그런 힘든 과정을 극복한 대단한 사람들이다"라고 말이다.

　거의 모든 글쓰기 책이 '글쓰기는 어렵다'는 데서 출발한다. '어렵다, 어렵다'를 강조하고 시작한다. 수영을 배우러 온 사람에게 '물은 무섭다, 위험하다'는 인식부터 심어주는 셈이다. 그런 인식을 갖고, 두려워하며 깊은 물속에 들어가는 사람은 평생

물을 무서워하게 된다.

　어린 시절 잠시 머문 시골에 꽤 큰 천川이 있었다. 여름 장마철에는 누런 흙탕물이 깊고 빠른 속도로 흘렀다. 시골 아이들은 물을 무서워하지 않았다. 오히려 센 물살을 이용했다. 겁도 없이 물에 뛰어들어 물이 밀어주는 힘에 몸을 맡겼다. 잠시 빠른 물에 몸을 맡긴 채 흘러가다가 틈을 봐 팔다리를 힘껏 휘저어 땅위로 올라왔다. 나도 따라 했더니 수영 폼은 엉망이지만 지금도 수영장을 쉬지 않고 수십 번 왕복한다. 그러고 보니 나는 어쩌다가 글쓰기도 비슷한 요령으로 습득한 셈이다. 주변에 넘쳐나는 자료(메모)에 몸과 머리를 모두 맡기고 흘러가다가 틈을 봐 그들을 연결할 기회를 노리니 말이다.

　꽤 많은 글쓰기 책이 일단 무조건 써라, 무조건 많이 써보면 작가처럼 글쓰기가 익숙해진다고 한다. 많이 써보면 글쓰기가 익숙해질 수는 있겠지만, 그 전에 일단 무조건 쓰는 게 쉽지 않다. '일단 무조건 써라'는 《심리철학》《과학철학》 등의 저서를 남긴 철학자 김재권1934-2019 브라운대학교 교수가 지적했던 '비논리적인 논리'를 강요하는 것과 같다.

　"지금까지 들어본 가장 멍청한 말은 철학자들이 눈을 감고 명상을 하면 온갖 종류의 아이디어가 저절로 샘솟는다는 것이다."

단지 눈을 감고 명상을 한다고 아이디어가 떠오르지 않는다. 일단 무조건 쓴다고 글이 나오지 않는다. '일단 써라'는 아무것도 없는 공터에서 무조건 집을 지으라는 것과 같다. 건축 재료, 글의 재료(메모)를 먼저 확보해야 한다.

비논리적인 글쓰기 상식은 이뿐만 아니다. 누가 무엇을 쓰든 자기가 잘 아는 것에 관해 쓸 수밖에 없다. 대부분 그렇게 생각한다. 딱 잘라 말하는데, 처음부터 모든 것을 다 알고 책을 쓰는 저자는 없다. 어떤 이론이나 방법을 만들어내는 학자도 마찬가지다. 오히려 모르는 것에 관해 쓰고 연구하니까 저자가 되고, 학자가 된다. 모르는 것을 알아가는 방법이 메모하고 메모하고 연결하는 것이다.

17, 18세기 유럽 계몽시대에도 학자든 문인이든 혹은 그런 꿈을 품은 사람들은 거의 모두가 비망록(메모장)을 작성했다. 다른 저자의 책을 읽으면서 자신이 몰랐거나 흥미롭거나 인상적인 내용을 메모했다. 언제든 인용할 수 있게 색인을 만들기도 하고, 필요한 내용을 곧바로 찾을 수 있게 적절한 주제나 부류에 따라 메모를 분류해 놓았다. 그렇게 안팎에서 그러모은 메모를 어떤 식

으로든 긴밀하게 연결하여 하나의 콘텐츠를 만드는 게 시대 불문하고 모든 저자의 일이다.

내가 가장 많이 작업한 기업사 책은 기업의 생존 및 성장 과정과 함께 관련 산업과 업계 동향, 국내외 주변 상황 등을 씨줄과 날줄로 엮어내야 한다. 매우 방대한 작업인데도 작업 기간은 터무니없이 짧은 경우가 대부분이다. 국내에선 대부분 창립기념일에 맞춰 기업사 책을 발간하는데 늘 임박해서 발주하기 때문이다. 또한 매번 생소한 업종을 만난다. 내가 만난 업종만 해도 반도체, 자동차, 철강, 건설, 화학, 패션, 화장품, 제약, 펌프, 수목 등등이다. 만약 '쓰다'의 정의대로 머릿속에서 글을 끄집어내는 개념이나 방법으로 접근했다면 진작에 퇴출당했을 게 틀림없다. 운좋게 우연히 습득한—사실 대다수 저자가 암묵적으로 실천하는—메모하고 메모하고 연결하는 방법으로 근 30년간 의뢰받은 작업을 단 한 번도 펑크 낸 적 없고, 마감일도 100% 지켰다.

어떤 저자든 머릿속 생각만으로 글을 쓰지 않는다. 바깥에서, 어쩌면 머릿속보다 더 많은 생각과 자료를 빌린다. 그렇다고 창의성이 없다고 할 수 있을까. 스티브 잡스도 "창의성이란 무언가를 연결하는 능력"이라고 하지 않았나. 안팎에서 메모하고 메모하고 연결하다 보면 보이지 않던 것, 미처 생각하지 못한 것들이 다가온다. 나무를 보다가 숲을 보면 전혀 다르게 다가오는 것과 같은 이치다.

기업사 책 출간 작업이 마무리된 기업이나 기관에서 가끔 이렇게 묻는다.

"고작 수개월 작업하고, 어떻게 몇 십 년 근무한 우리도 모르는 사실과 이야기를 찾아내는 거요?"

하지만 그들이 모르는 건 없다. 나는 그동안 그들이 메모한, 어디엔가 처박아 두었던 자료를 수집하고 분류하고 연결하고 조합할 뿐이다. 그들이 미처 보지 못하거나 생각하지 못한 사실을 강조하고 새로운 의미를 부여할 뿐이다.

나는 신문이든 책이든 그 밖에 다른 자료든 읽기와 메모를 병행한다. 음악을 듣거나 영화를 보다가도 수시로 메모한다. 그다지 좋은 습관이 아닌 줄은 안다. 깊이 몰입하지 못하는 아쉬움을 감수하고 중간중간 메모한다. 나뿐만 아니다. 학자나 저자나 예술가같이 무언가를 만들어내는 사람들은 끊임없이 메모한다. 그렇게 모은 메모를 연결하여 복잡한 사실과 세계를 이해하고, 무언가 아이디어를 얻는다.

"흔히들 사람들은 작가가 끊임없이 상상력을 발휘해 온갖 에피소드와 그런 사건들을 머릿속에서 떠올려 스토리를 창조한다고 생각하는데 사실은 정반대다. 주변 사물이나 사람들이 작가에게 캐릭터와 사건을 제공한다."(영화〈그랜드 부다페스트 호텔〉)

《혼자 있는 시간의 힘》《잡담이 능력이다》《세계사를 움직이는 다섯 가지 힘》《내가 공부하는 이유》《원고지 10장을 쓰는 힘》등의 저자인 사이토 다카시 교수는 읽기와 메모를 병행해야 하는 이유를《원고지 10장을 쓰는 힘》에서 이렇게 에둘러 강조했다.

"글을 잘 쓰기 위해선 책을 많이 읽어야 한다. 그렇다고 무턱대고 읽기만 하면 안 되고 나중에 글감으로 사용할 것을 염두에 두고 읽는다. 늘 출력을 의식하면서 읽으면 수준 높은 독서를 할 수 있다."

출력, 즉 아웃풋은 반드시 재료가 필요하다. 재료 없이 만들어지는 건 없다. 아무것도 없는 허공이나 빈손에서 무언가를 만들어내는 마술사도 실은 어디엔가 숨겨놓았던 재료를 끄집어내는 것뿐이다. 번역과 소설 쓰기를 병행하는 안정효 선생도 줄곧 메모를 강조한다.

"어떤 작품을 구상하면 일단 메모부터 시작한다. 매주 다니는 낚시터에서 만나는 사람들, 그들과 나눈 이야기 중에 소설 속에서 써먹을 만한 것은 모조리 종이에 받아 적는다. 그렇게 모은 메모는 적당하게 분류되어 작품으로 씌어지기를 기다린다. 작품 활동의 든든한 예비군이다. 그것이 어떤 작품으로 재창조될지는 나도 모른다."('40년 글쓰기 노하우를 알려드립니다', 〈채널예스〉)

33년간 매사추세츠공과대학교MIT 교수로 근무하며 학생들을 가르친 찰스 킨들버거1910-2003는 30여 권의 경제학 책을 썼다. 이미 30대에 국제경제학자로 명성을 떨친 그는 마흔 살 무렵부터 경제사학으로 연구 영역을 넓혀 거품경제, 세계 대공황 등을 다룬 대작을 잇달아 발표했다. 분야를 넓혀가며 80대에도 끊임없이 저술 활동을 할 수 있었던 비결을 묻자, 이렇게 대답했다.

"그 비결은 책이나 자료를 읽는 방법에 있습니다. 이거다 싶은 책이나 자료를 곰곰이 읽습니다. 중요한 부분에는 밑줄을 그어 놓습니다. 읽다가 어떤 생각이 떠오르거나 의문이 생기면 책의 여백에 메모해 둡니다. 한 권을 다 읽으면 밑줄 그은 내용과 여백에 쓴 메모를 모아 행간을 띄우지 않고 타자를 칩니다. 그렇게 하나의 새 메모가 만들어지지요. 책을 읽을 때마다 메모가 늘어납니다. (중략) 그러다 보면, 한 권의 책을 쓸 준비가 끝납니다."(이토

모토시게,《도쿄대 교수가 제자들에게 주는 쓴소리》)

　내가 아는 저자들은 대부분 자신의 능력이 대단하지 않다고 생각한다. 하지만 겉으로는 어쩔 수 없이 대단한 척 행동한다. 주변에서 그렇게 만든다. 많은 사람들이 작가란 머릿속에 수많은 아이디어와 지식과 경험을 내장한 사람으로 여긴다. 하지만 대부분의 저자들은 주로 외장 메모리를 사용한다.

어떤 게
좋은 문장인가?

~~~~~~~~

문장을 얘기할 때마다 빠지지 않는 게 문학적인 글과 비문학적인 글이다. 문학적인 글은 아름다운 표현에 중점을 두고, 비문학적인 글은 사실과 경험을 정확하게 전달하는 데 중점을 둔다고 설명한다. 하지만 문학적인 글은 사실과 경험을 정확하게 전달하면 안 되는지, 비문학적인 글은 아름답게 표현하면 안 되는지? 이러니 늘 삐딱하다는 말을 듣지만, 그래도 한 번은 짚고 넘어가고 싶다.

글쓰기 수업이나 글쓰기 책에서 흔히 '좋은 문장'을 강조한다. 그러면서 이런저런 글쓰기 원칙과 기법 등을 설명한다. 지나친 문법 위주의 영어수업이 영어를 멀리하게 만들었다고 한다. 대부분 공감한다. 그렇다면 글쓰기 선생님이나 책들이 강조하는

'좋은 문장'이 글쓰기를 멀리하게 만든다면 어떨까?

　그 전에 좀더 근본적인 의문을 짚어보자. 도대체 어떤 게 좋은 문장인가? 좋은 문장에 대한 객관적 정의나 기준이 있는가? 교정교열 전문가로 일하며 《동사의 맛》《소설의 첫 문장》《내 문장이 그렇게 이상한가요?》《열 문장 쓰는 법》을 발표한 김정선 선생이 《내 문장이 그렇게 이상한가요?》에서 말했듯이 "문장에 정답은 없다. 맞춤법이나 띄어쓰기는 맞고 틀리고를 따질 수 있지만 문장은 맞고 틀리고를 따질 수 없다. 굳이 원칙이라면, 왼쪽에서 오른쪽으로, 위에서 아래로 순서에 따라 쓴다"뿐이다.

　'좋은 문장'은 순전히 주관적 판단이다. 누군가 좋아하거나 좋다고 생각하는 문장이라도 다른 사람은 싫어할 수도 있고, 그 반대가 될 수도 있다.

　글쓰기도 자신의 삶만큼 자유분방했던 찰스 부코스키는 트럭 운전사, 주유소 직원, 여러 잡일, 우체국 집배원으로 일하다가 결심했다. 마흔아홉 되던 해였다. "둘 중 하나를 선택해야겠군요. 이곳(우체국)에 남아서 돌아버리거나 나가서 작가 놀이를 하며 굶거나. 전 굶기로 했습니다."

　그러고는 51세에 첫 장편소설 《우체국》(1971)을 발표하고, 이

어 《팩토텀》(1975), 《여자들》(1978) 등 60여 편의 소설과 시집, 수
필집을 발표했다. 그의 독자는 중간은 없다. 아주 좋아하든지 아
주 싫어하든지 둘 중 하나다. 늘 술에 절어 있던 그의 일반적이지
않은 삶과 행동만큼 그의 글도 일반적이지 않아서다. 전혀 다듬
지 않은, 거칠고 투박한 그의 글은 호불호가 분명하게 나뉜다.

"내게 별다른 야망이 없는 것은 사실이다. 그러나 야망이 없는
사람들을 위한 자리도 있어야 한다. (중략) 도대체 어떤 빌어먹을
인간이 자명종 소리에 새벽 여섯시 반에 깨어나, 침대에서 뛰쳐
나오고, 옷을 입고, 억지로 밥을 먹고, 똥을 싸고, 오줌을 누고, 이
를 닦고, 머리를 빗고, 본질적으로 누군가에게 더 많은 돈을 벌게
해주는 장소로 가기 위해 교통지옥과 싸우고, 그리고 그렇게 할
수 있는 기회가 주어진 것에 감사해야 하는 그런 삶을 기꺼이 받
아들인단 말인가?"《팩토텀》

마치 세상을 향해 주정하는 듯한 글을 쓴 찰스 부코스키의 작
가론도 그의 글만큼 거칠고 투박하다.

"내가 이러저러하게 만나본 50명의 작가 중에서, 내 눈에는 오
로지 두 명만 조금이나마 인간적으로 보이더군. 서너 번 만났던
사람 하나는 장님인 데다 두 다리를 절단한 72세 노인이었는데,
그래도 계속 글을 써나갔소. 글쎄, 임종하면서도 아내에게 받아

적게 했다니까. 다른 쪽은 약간 미치고 자연스러운 사람인데, 독일 만하임에서 자기 작품을 썼지. 그런 사람들이 아니라면, 내가 절대로 같이 술을 먹거나 얘기를 듣고 싶지 않은 종자가 작가요. 배짱 있는 삶은 차라리 늙은 신문배달원부터 수위, 밤새 타코 가판대 앞에 서서 일하는 애에게서 더 많이 찾을 수 있을걸. 내가 보기에 글쓰기는 최고가 아닌 최악의 인간들만 끌어들이는 것 같소."《글쓰기에 대하여》

하지만 누가 그의 문장을 탓할 수 있을까. 그의 인생이 그대로 묻어 나오는데. 미국인들이 가장 사랑한, 자유로운 작가! 비평가들이 뭐라고 하든 말든 자신의 글을 쓴 그에게 독자들이 붙여준 수식어다.

대다수 글쓰기 책에 '사실적인 글'이라거나 '정확한 표현'이라는 말도 자주 등장한다. 하지만 글이든 그림이든 사진이든 뭐든 간에 '사실적'이라거나 '정확한'이라는 단어는 조심해서 사용해야 한다. 같은 장소, 같은 시간, 같은 대상을 앞에 놓고 열 명, 백명 아니 수천 명이 찍은 사진도, 그린 그림도, 쓴 글도 다 다르다. 표현력의 차이 이전에 사물을 보고 인식하는 것이 다 다르다. 똑같은 사물이더라도 똑같이 인식할 수가 없다. 각자의 사고방식, 취향 등 수도 없이 많은 요인들이 사물을 보는 방식과 습관에 영

향을 미친다. 누구든 스스로 중요하다고 여기는 부분에 초점을
맞춰 사물을 바라본다. 각자가 다른 여과기를 통해 사물을 바라
보는 것과 같다. 그런데 누구의 기준에서 사실적이고, 정확하다
는 말인가.

'객관적 글쓰기'라는 말도 무턱대고 사용한다. 미국 최초의 여
성 부통령 지명을 두고 벌어지는 스캔들을 그린 영화 〈컨텐더The
Contender〉에서, 한 젊은 하원의원이 청문회를 앞둔 청문회 위원
장에게 자신도 청문회 위원으로 끼워달라며 말한다. "정말 객관
적으로 할 자신이 있습니다."

"사전을 가지고 있으면 '객관적'이란 단어는 다 지워버리게.
어디든 당신의 생각과 당신의 주관이 필요하지 객관은 필요 없
네." 청문회 위원장이 한 말인데, 지금 우리에게 해당되는 조언
이다.

누구나 주관적으로 사고한다. 객관적이 되려고 노력해도 소용
없다. 보고 듣는 것을 그대로 다 수용하지 않는다. 어떤 건 수용
하고 어떤 건 배제한다. 취사선택한 후 자신의 논리로 연결한다.
논리가 부족한 건 자신의 논리로 정리해서 이해한다. 혹은 논리
적인 것도 멋대로 선택하고 연결하여 엉뚱한 결론이나 추론에

도달하기도 한다.

보통 사진을 객관적 매체라고 한다. 하지만 사진도 지극히 주관적 결과를 생산한다. 눈앞에 보이는 것 중 찍고 싶은 부분만 프레임 안에 넣고 셔터를 누른다. 무엇을 강조할지, 무엇을 배경으로 할지 등 모두 주관적 선택이다.

〈북극의 눈물〉〈아마존의 눈물〉 같은 다큐 작품이 객관적이거나 사실적이라고 생각하면 오산이다. 〈다큐멘터리란 무엇인가〉의 저자인 다큐감독 프랑수아 니네는 다큐멘터리나 리얼리티 프로그램이 실제 상황을 보여주는 것처럼 보이지만 실상은 다큐멘터리의 형식을 빌린 허구에 더 가깝다고 말했다. 순전히 다큐감독의 주관적 생각과 판단, 해석으로 만들어진다고 했다.

조앤 디디온은 항상 수첩을 가지고 다니면서 마주치는 사람과 사건을 관찰하고 메모한다. 그렇게 모은 메모를 연결하여 20여 편의 소설과 수필집을 발표했다. 그중 국내에는 수필집《상실 The Year Of Magical Thinking》과《푸른 밤 Blue Nights》이 소개됐다. 그녀가 2019년 발표한 수필집《수첩을 가지고 다니는 것 On keeping a notebook》에서 이렇게 말했다.

"아무리 주위의 것들을 의무적으로 기록한다고 해도 자신이 보는 모든 것들은 항상 공통점이 있다. 솔직하고 뻔뻔하고 확고

한 '나 자신'뿐이다."

나는 그녀의 말에 십분 공감한다. 글은 주관적 선택이다. 단어를 선택하고, 단어의 배열 순서를 선택한다. 누가 쓰느냐에 따라 똑같은 대상이나 주제라도 전혀 다른 글이 되어 나온다. 같은 사람이 써도 매번 다른 글이 나온다. 글은 무언가를 다르게 보고, 다르게 느끼는 데서 시작된다. 글을 읽는 사람들도 각각 다르게 해석하고 감상한다. 그렇게 각자의 해석으로 무한한 세상을 만들어낸다. 어떤 책이든 마지막 마침표를 찍는 사람은 저자가 아니다. 책을 완성하는 사람은 따로 있다. 무턱대고 저자의 논리에 순종하지 않고 자신의 관점과 논리를 유지하면서 책을 읽는 독자들이 책을 완성한다.

찰스 부코스키가 자신의 묘비에 이런 글을 새겨 놓았다. "노력하지 마Don't try!"

나는 이렇게 멋대로 해석한다. "'좋은 문장' 같은 건 쓰레기통에 던져 넣고, 네 멋대로 써."

영화 〈기생충〉으로 2019년 아카데미 감독상을 수상한 봉준호 감독도 수상식에서 비슷한 말을 하지 않았나. "'가장 개인적personal인 것이 가장 창의적creative이다'라고 한 마틴 스콜세지 감독의 말을 나의 신조로 삼았다"고 말이다.

글쓰기를
방해하는
글 잘 쓰기

~~~~~~~

글쓰기의 원칙이나 기법이라며, 너무 자세하게 설명한다. 그럴수록 점점 더 글쓰기를 어렵게 만들 수 있다. 철학자 루트비히 비트겐슈타인1889-1951이 《논리 철학 논고》(1922)에서 이렇게 지적했다.

"철학이 언어의 논리를 넘어 말할 수 없는 부분까지 말하려 한다. 말할 수 있는 것은 명료히 말하되 말할 수 없는 것에 대해서는 침묵해야 한다."

한 글쓰기 책에서 좋은 글을 쓰기 위한 세 가지 기본 요소를 '세계를 깊이 있게 분석해낼 수 있는 지식, 현상과 세계를 적절히 조직해낼 수 있는 구성력, 생각과 사고를 문자로 표현할 수 있는 문장력'이라고 설명했다. 물론 다 맞는 말이다. 너무나 완벽한 글쓰기의 요건이다. 그래서 오히려 글쓰기를 방해한다. 누군들 그러고 싶지 않을까. 하지만 실행하려고 하면 쉽지 않다. 그러면 독자들은 그게 자신들의 문제라고 자책하게 된다. 그렇게 위축되면 글쓰기가 더 어려워진다.

책 표지에 이렇게 인쇄한 글쓰기 책도 있다. '생각하지 말고 무조건 써라.' 아무리 광고 글이라고 해도 너무 억지스럽다. 쉽게 설명하려는 의도는 짐작한다. 하지만 독자들을 혼란스럽게 만들 수 있다. 머릿속에서는 늘 무언가가 생각난다. 아무것도 생각하지 않으려 해도 소용없다. 생각과 말 혹은 생각과 글은 원래 나눌 수가 없다. 국어사전에도 '머릿속 생각을 말로 나타내는 게 말하기, 머릿속 생각을 글로 나타내는 게 쓰기'라고 설명해 놓았는데도 그런다.

'생각하지 말고 무조건 써라'는 이렇게 바꿔야 한다. 머릿속에서 이것저것 따지지 말고 생각나는 것을 일단 밖으로 끄집어내라. 다시 말해, 일단 메모하라는 말이다. 메모로 끄집어내면, 그제야 뭐가 불분명하고 부족한지 보인다. 그러면 바깥에서 자료를 찾아 메모하고, 그것을 부족하거나 허술한 부분에 끼워 넣으면 된다. 어차피 글이란 머릿속이 아닌 바깥에 쓰는 것 아닌가.

바깥에서 해결하면 된다. 다들 공감하겠지만, 특히 요즘은 인터넷 검색 기능 덕에 자료를 수집하기가 말 그대로 누워서 떡 먹기다. 굳이 답답한 머릿속에서 끙끙대지 않아도 된다.

그는 35세까지 변변한 직업이 없다가 16밀리 카메라 하나를 구했다. 3년 동안 찍은 다큐멘터리 영화 〈로저와 나〉(1989)로 데뷔했다. 콜럼비아고등학교 총기사고의 원인을 추적한 〈볼링 포 콜럼바인〉(2002)으로 칸영화제 특별상과 아카데미 장편 다큐멘터리상을 수상했다. 9·11 테러 이후 이라크를 침공한 부시 정부의 비리 커넥션을 추적한 〈화씨 9/11〉(2004)로는 칸영화제 황금종려상을 수상했다. 늘 시사적인 주제의 다큐영화로 주목받는 마이클 무어 감독이다. 그런 마이클 무어 감독이 자신이 정말로 다행으로 생각하는 게 단 한 번도 논문이나 글 쓰는 방법을 배우지 않은 것이라고 했다. 그랬기 때문에 기존의 상식이나 틀에 매이지 않고, 새로운 스토리텔링, 새로운 기법의 다큐영화를 만들 수 있다고 했다.

'생각하지 말고 무조건 쓰라'는 등 이런저런 요령을 일러주는 글쓰기 책들이 있지만, 사실 글이든 뭐든 모든 사람에게 똑같이 해당되는 최적의 일반론이란 없다. 개개인마다 글쓰기의 조건과 목적이 다 다르다. 누군가의 글쓰기 방법이 나의 방법이 될 수 없다. 오히려 글쓰기 이론이나 방법을 통일하다가 흔히 말하는 '일반화의 오류'에 빠질 수 있다. '일반화의 오류'란 몇 사람의 사례나 경험으로 전체 또는 전체의 속성을 단정 짓고 판단하는 데서 발생하는 오류를 말한다.

나만 이런 문제 제기를 하는 건 아니다. 정희모 교수와 이재성 교수는 《글쓰기의 전략》에서 "가령 글의 구성은 너무나 다양해서 일반화한다는 것 자체가 어리석은 일처럼 보이기도 한다. 3단 구성이니, 4단 구성이니, 5단 구성이니 하는 방법을 배우고 이에 글을 맞추려 한다. 그렇지만 실제 글을 쓰다 보면 이런 구성법은 무용지물이 되고 만다. 만약 구성이 고정된 것이라면 수학 공식처럼 그 틀을 외워서 이용할 수도 있다. 그런데 그렇게 틀에 맞추어 글을 쓰다가는 살아 있는 글이 아니라 죽은 글이 되기 십상이다"라고 했다.

이 책은 물론이고 어쩌면 모든 글쓰기 책의 서문에, 다치바나 다카시가 《지식의 단련법》에서 말한 이 내용이 빠졌다고 봐야 한다.

"내가 이 책에서 하고 있는 말은 전적으로 개인적인 의견이지 일반론이 아니다. 사람들한테 이렇게 하라고 권유하는 게 아니라, 나의 경우는 이렇게 한다는 이야기를 할 뿐이다. 누구든지 방법론은 스스로 자신의 것을 발견해야만 한다. 그것을 발견하는 데 있어서 다양한 사람들의 다양한 방법론을 듣는 것은 참고가 되기도 한다.”

무슨 일이든 지나치게 방법론이나 요령을 강조하다 보면, 잘 될 일도 잘 안 된다.

“처음에는 그런 대로 잘된다. 그러다 미스 샷이 몇 차례 나오면 뭐가 문제일까 고민하며 스윙을 점검한다. 고친 스윙으로 쳤는데, 더 나쁜 결과가 나온다. 교정한 스윙을 또 교정한다. 보다 못한 동반자가 레슨도 해준다. 그러나 스윙은 점점 더 엉켜 깊은 늪에 빠진다. 이래도 저래도 안 된다. 클럽이 낯설게 느껴지고 어떻게 공을 치는지도 생각도 나지 않는다.”(성호준 기자, ‘모든 스윙은 완벽하다, 생각의 벙커에 빠져 망가질 뿐’, 〈중앙선데이〉, 2020. 2. 1)

무라카미 하루키는 《오자와 세이지 씨와 음악을 이야기하다》에서 “‘문장 쓰는 법’ 같은 건 누구에게도 배운 바 없고, 특별히 공부하지도 않는다”면서 자신은 음악에서 배운다고 했다. “음악에 리듬이 있듯이 문장에 리듬이 없다면, 그런 글은 아무도 읽어

주지 않는다."

무라카미 하루키에 이어서 "나는…"이라고 하려니 좀 쑥스럽지만, 아무튼 나도 문장 쓰는 법 같은 건 배운 바 없고 공부할 생각도 없다. 이 책을 엮기 위해 꽤 많은 글쓰기 책을 참고했지만, 원래는 방법론이니 뭐니 하는 책은 거의 안 읽는다. 하지만 어디서든 배운다.

골프에서 배우고.

"그러다 마지막 홀에서 (모든 것을) 다 포기하고 (될 대로 되라며) 스윙을 했는데 공이 빨랫줄처럼 날아갔다."('모든 스윙은 완벽하다, 생각의 벙커에 빠져 망가질 뿐')

춤에서도 배우고.

"초보자들은 스텝(원칙 또는 기본)이 곧 춤이라고 생각한다. 물론 스텝은 중요하다. 그래서 초급반에 가보면 스텝을 익히느라고 정신이 없다. 그러자니 시선이 아래로 떨어지는 것이다. 내가 하는 스텝을 보느라고 고개는 아래로 숙여져 있고 남들과 맞게 하는지 또는 남들 스텝을 보고 따라 하기 위해서 고개가 아래로 숙여지는 것이다. 양손은 파트너와 잡고 있는데 발만 보자니 양손은 따로 노는 것이다."(강신영의 쉘 위 댄스, '스텝만 신경 쓰면 초보, 진짜

춤 실력은…', 〈중앙일보〉, 2020. 5. 8)

마라톤에서도 배운다.

'오래 달리려면 천천히 달려라', '가장 천천히 뛰는 게 가장 빨리 도착한다'는 마라톤 격언을 책 쓰기에서도 실천하고 있다. 최근에는 오래 달리기와 오래 걷기를 병행하고 있다. 점차 걷기의 비중을 늘릴 참이다. 더 오래 책 쓰기 위해.

음악에서도 배운다.

세상의 모든 '편안한' 음악을 들려주는 〈세상의 모든 음악〉 라디오 프로그램이 있다. 작업하면서 듣기 좋은 '조용한' 선곡도 좋지만 이 프로그램의 백미는 조용하고 차분한 목소리의 디스크자키Disc Jockey다. 별로 많은 말을 하지 않지만 프로그램의 전체를 확실하게 아우른다. 음악 – 짧은 멘트 – 음악 – 짧은 멘트로 구성된다. 이 책의 전체 구성이 인용 – 짧은 설명 – 인용 – 짧은 설명이다.

단문, 단문, 단문으로
연결하기

~~~~~~~~~

모두 '문학적'이라는 말을 너무 쉽게 사용한다. 문학적 표현, 문학적 특징, 문학적 재능 등등. 국어사전엔 '문학적'이 '문학의 요건을 구비한'이라고 설명돼 있다. '문학의 요건'을 찾아보니 '어떤 문학 작품을 좋은 문학이 되게 하는 일련의 속성'이란다. 할 수 없이 원점으로 돌아가 '문학'을 찾아보니 '삶의 가치 있는 경험을 상상력을 토대로 하여 언어로 짜임새 있게 표현한 예술'이란다. 차라리 찾아보지 말 걸 그랬다. 오히려 점점 더 이해하기 어려운 난수표가 된다.

이건 순전히 내 문제지만, 문학적 표현이 뛰어나다는 저자의 책은 읽기가 거북하다. 표현이 너무 '문학적'이라서다. 그들의 '문학적 능력'이 부러워서 그런다고 할지 몰라도 아무튼 내 취향은 아니다. 그러면서 혹시 로알드 달₁₉₁₆₋₁₉₉₀이 《자동 작문 기계》에서 살짝 꼬집었듯이 '길고 어려운 단어를 사용해야 문학적인 글이 되는 건가?'라는 괜한 의심마저 든다.

"글을 세련되게 만들 소소한 기능도 생각하고 있습니다. 예를 들어 거의 모든 작가가 써먹는 방법인데, 길고 어려운 단어를 문장마다 몇 개씩 넣는 겁니다. 그러면 독자는 작가가 아주 박식하고 똑똑한 사람이라고 생각하게 되지요. 그래서 이 기계에도 그런 기능을 넣을 생각입니다. 긴 단어를 잔뜩 저장해놓고 기계적으로 문장에 삽입할 겁니다."

만에 하나라도 길고 어려운 글을 세련되고 박식한 글로 인식한다면 그건 문제가 된다. 더 많은 사람들이 글쓰기를 더 멀리할 수도 있어서다. 이것도 순전히 내 생각이지만, 어쩌면 우리의 글쓰기 교육에 원초적인 문제가 있는 건 아닐까? 걷기, 말하기, 글쓰기는 인간을 규정하는 가장 기초적인 조건이다. 생각하기가 빠졌다고? 앞서도 말했지만 생각을 말로 나타내는 게 말하기고, 글로 나타내는 게 글쓰기다.

아이가 불안하게 몇 걸음을 떼면 우리는 그 아이가 걷는다고 말한다. 가끔 손을 잡아주기는 해도 걷는 법을 따로 가르쳐주지는 않는다. 아이는 스스로 걷는 법을 터득한다. 아이가 엄마, 아빠 등 몇 개의 단어를 말하면, 우리는 그 아이가 말한다고 한다. 말하는 법을 따로 가르쳐주지 않아도 아이는 곧 문장으로 말하는 법을 스스로 터득한다. 그 뒤로도 걷기나 말하기를 따로 가르쳐주지 않아도 곧잘 뛰고 빨리 말하기도 한다.

걷기, 말하기를 따로 배우지 않듯이 글쓰기도 사실 따로 배우지 않아도 된다. 아이들이 유치원이나 초등학교 저학년 때 배우는 건 글쓰기가 아니라 글자와 단어다. 그래도 아이들은 생각나는 대로 개발새발 쓰기 시작한다. 스스로 빨리 뛰고 빨리 말하는 법을 터득하듯이 그냥 놔둬도 스스로 글 쓰는 법을 터득한다.

사람마다 걸음걸이가 다르듯 말투와 글투도 다 다르다. 그게 오히려 자연스럽다. 그런데 글쓰기만 굳이 따로 배운다. '이렇게 써라, 저렇게 써라, 이건 잘 쓴 글이고, 저건 못 쓴 글이다'라는 식으로 가르치고 배운다. 이렇게 걷는 것보다 저렇게 걷는 게 꼭 낫다는 법은 없다. 말하기도 마찬가지다. 글쓰기도 이렇게 쓰는 것보다는 저렇게 쓰는 게 꼭 낫다는 법은 없다. 그런데 누군가의 기준이나 잣대에 맞춘 글쓰기를 강요한다.

조선 정조1752-1800는 박지원의 《열하일기》 같은 소설체 문장을 잡문체로 규정하고, 전통적인 고문을 문장의 모범으로 삼도록 했다. '문체반정文體反正'으로 알려져 있다. 정조는 가벼운 문체를 구사하던 신하들에게 반성문을 요구했다. 이덕무1741-1793와 박제가1750-1805에게도 반성문을 제출하라고 했다. 서얼인 이덕무와 박제가는 자신들을 등용한 정조에게 늘 감사의 마음을 갖고 살았지만 감사하는 방법은 달랐다. 이덕무는 정조의 정책을 무조건 따랐지만 박제가는 할 말을 하는 것을 올바른 보답으로 여겼다. 박제가는 반성문에 이런 글을 포함했다. "배움이 지극하지 못한 것은 저의 잘못이나, 천성이 다른 것은 저의 잘못이 아닙니다."(설혼,《공부의 말들》)

어린아이들은 언어에 재능이 있든 없든 일단 생각이 떠오르면 막힘이 없다. 생각나는 대로 단어를 끄집어낸다. 대개 짧고 단순한 단문短文으로 쓴다. 오히려 성인보다 글쓰기 속도가 빠른 편이다. 그런 아이들이 글 잘 쓰는 법을 배우면서 머무적거리며 망설인다. 점점 글쓰기를 어려워한다.

나는 원래 언어에 재능이 없다. 그래도 그동안 의뢰받은 글이나 책을 펑크 내거나 마감일을 어긴 적이 단 한 번도 없다. 복잡한 글을 못 쓰니 주로 쉬운 단문을 연결하는데, 그런 개념으로 접근하니 오히려 글쓰기가 빠른 편이다. 글도 취향이다. 내가 좋아하는 글은, 아이들처럼 어쩌면 어니스트 헤밍웨이1899-1961처럼 짧고 장식이 없고 별로 다듬은 것 같지 않은 글이다.

- 화가 친구의 작업실을 찾았다.
- 우리는 알고 지낸 지 삼십 년쯤 된 사이다.
- 그는 원래 체코 출신이다.
- 지금은 파리 근교의 아파트 단지에 살고 있다.
- 아파트는 살림집이자 작업실이다.
- 집세는 싼 편이다.
- 작업실 공간은 삼십 평방미터쯤 되고, 육 미터 정도 되는 천장 위로는 자연광이 비친다.
- 그와 아내는 작업실을 내려다보는 발코니처럼 된 공간에서 잠을 잔다.

"화가 친구의 작업실을 찾았다. 우리는 알고 지낸 지 삼십 년쯤 된 사이다. 그는 원래 체코 출신이다. 지금은 파리 근교의 아파트 단지에 살고 있다. 아파트는 살림집이자 작업실이다. 집세는 싼 편이다. 작업실 공간은 삼십 평방미터쯤 되고, 육 미터 정도 되는 천장 위로는 자연광이 비친다. 그와 아내는 작업실을 내려다

보는 발코니처럼 된 공간에서 잠을 잔다."(존 버거,《우리가 아는 모든
언어》)

- 치악산은 온통 눈밭이다.
- 절은 버스가 채 닿지 못하는 곳에 있다.
- 천지사방이 프레임 없는 풍경화 같다.
- 명주사는 태고종 계열 사찰이다.
- 한선학 박물관장은 머리가 하얗게 셌다.
- 명주사는 1998년 세워졌다.
- 절은 소나무 뼈대로 세우고 황토를 바르고 너와지붕을
  얹었다.

"치악산은 거대한 눈밭이었다. 절은 버스가 채 닿지 못하는 곳
에 있었다. 천지사방에 펼쳐진 프레임 없는 풍경화 속을 걸어 태
고종 계열 사찰인 명주사에 닿았다. 머리가 하얗게 센 한선학 박
물관장이 일행을 맞았다. 명주사는 1998년 세워졌다. 소나무 뼈
대로 세우고 황토로 살을 바른 뒤 너와지붕을 얹은 특이한 절이
다."(이진주 기자, '저 어울림의 무늬, 옛 판화서 미래 디자인을 보다', 〈중앙일
보〉, 2010. 2. 22)

- 기이한 광경이다.
- 40층 규모의 아파트 세 동과 16층 오피스텔 한 동이 옛
  집을 둘러쌌다.
- 옛집은 살아남기 위해 치열하게 투쟁했다.
- 부산 동구 초량3동 81-1번지, 등록문화재 제349호의 이
  야기다.
- 적산가옥이다.
- 1925년 지어졌다.
- 당시 한반도 철도부설 사업을 위해 토목회사를 운영하
  던 일본인 다나카가 지었다.
- 2007년 등록문화재가 되면서 옛집은 재개발 북새통에
  서 살아남았다.

"기이한 광경이다. 40층 규모의 아파트 세 동과 16층 오피스
텔 한 동이 옛집을 둘러쌌다. 집은 살아남기 위해 치열하게 투쟁
했다. 부산 동구 초량3동 81-1번지, 등록문화재 제349호의 이
야기다. 적산가옥이다. 1925년 지어졌다. 당시 한반도 철도부
설 사업을 위해 토목회사를 운영하던 일본인 다나카가 지었다.
(중략) 2007년 등록문화재가 되면서 옛집은 재개발 북새통에서
살아남았다."(한은화 기자, '살아남은 부산 초량동 적산가옥', 〈중앙일보〉,

2019.10.22)

- 취미로 책상을 만들곤 한다.
- 먼저 목재 수입 업체에서 두꺼운 집성목을 구입한다.
- 무늬가 아름답고 단단해서 잘 휘어지지 않는 아카시아
  나 멀바우 목재를 선호하는 편이다.
- 원하는 크기로 자르려면 재단비가 든다.
- 배송받으려면 용달 트럭을 빌려야 해서 또 추가비용이
  든다.
- 책상의 완성도는 사포질이 좌우한다.
- 이 정도면 됐겠지, 라는 생각이 세 번쯤 들 때까지 거친
  사포로 표면을 연마한다.
- 고운 사포로 같은 과정을 반복한다.
- 오일을 스펀지로 곱게 펴바른다.
- 귀찮지만 시간을 단축하려면 무거운 판재를 들고 옥상
  에 올라가 햇볕에 잘 말려야 한다.
- 마르면 다시 거친 면을 사포로 연마한다.
- 다시 오일을 먹인다.
- 다시 옥상으로 들고 가서 말린다.
- 마지막 사포질로 마무리한다.

– 단단한 목재 표면에 드릴로 작은 구멍을 뚫는다.

– 철제 주물 다리를 나사로 연결한다.

"취미로 책상을 만들곤 한다. 먼저 목재 수입 업체에서 두꺼운 집성목을 구입한다. 무늬가 아름답고 단단해서 잘 휘어지지 않는 아카시아나 멀바우 목재를 선호하는 편이다. 원하는 크기로 자르려면 재단비가 든다. 배송받으려면 용달 트럭을 빌려야 해서 또 추가비용이 든다. 책상의 완성도는 사포질이 좌우한다. 이 정도면 됐겠지, 라는 생각이 세 번쯤 들 때까지 거친 사포로 표면을 연마한다. 고운 사포로 같은 과정을 반복한다. 오일을 스펀지로 곱게 펴바른다. 귀찮지만 시간을 단축하려면 무거운 판재를 들고 옥상에 올라가 햇볕에 잘 말려야 한다. 마르면 다시 거친 면을 사포로 연마한다. 다시 오일을 먹인다. 다시 옥상으로 들고 가서 말린다. 마지막 사포질로 마무리한다. 단단한 목재 표면에 드릴로 작은 구멍을 뚫는다. 철제 주물 다리를 나사로 연결한다."(손아람 작가, '낡아서 바스라져 가는 것들 사이⋯', 〈경향신문〉, 2019.10.21)

이런 글들이 좋은 글일까, 나쁜 글일까. 잘 쓴 글일까, 못 쓴 글일까. 누가 어떤 기준으로 평가할 수 있다는 말인가. 단문 쓰기를 폄하하는 사람도 있다. 한 북콘서트에서, 저자인 작가가──북콘서트에서 그렇게 소개했다──글쓰기 팁을 인쇄한 종이를 나눠주었는데, 이런 팁이 있었다.

"짧은 문장이 좋은 문장인 것은 아니다. 짧은 문장으로 쓰라는 이야기를 많이 한다. 하지만 짧은 문장을 쓰라는 건 짧은 문장이 좋기 때문이 아니다. 오히려 긴 문장을 쓸 내공이 없기 때문이다."

다 틀린 말은 아니다. 하지만 글을 안 쓰거나 못 쓰는 것보다는 쉽게 많이 쓰는 게 좋지 않을까. 그 저자가 나눠준 글쓰기 팁 중에는 이런 팁도 있었다.

"팩트의 관계를 엮어줄 필요는 없다. 팩트를 그냥 늘어놓으면 독자들이 다 알고 이해한다. '태극기가 펄럭인다. 오늘은 3·1절이다'라고 하면 다 이해한다. '오늘은 3·1절이기 때문에 태극기가 펄럭인다'라고 쓸 필요는 없다."

'사진가의 사진가'라는 말을 듣는 필립 퍼키스는 그가 강조하는 '심플한 사진'만큼 글도 심플하다.

"늘 촬영하던 곳에 간다. 보통 때처럼 원하는 사진을 먼저 한 장 찍는다. 그리고 재빨리 몸을 돌려 뒤에 무엇이 있건 신경 쓰지 않고 셔터를 누른다. 이런 식으로 필름 한 통을 찍는다."(《필립 퍼키스의 사진강의 노트》)

필립 퍼키스는 사진이든 글이든 꾸미지 않는 이유를 이렇게 설명했다.

"약간의 과장이나 수식이 필요할 때도 있다. 하지만 뭔가 꾸미려고 하면 더 잘 꾸몄든 아니든 본래의 그것은 아니다. 개미를 실제 모습보다 더 크고 강하게 그리려고 하는 순간 개미의 고유한 모습은 사라지고 만다."(위의 책)

'KISS'
이야기

~~~~~

독서하는 방법을 일러주는 책에서 이런 요령을 일러주기도 한다.

- 필요한 내용만 골라 읽으면 된다.
- 읽다가 지루하면 다 안 읽어도 된다.
- 책은 다 읽으라고 사는 건 아니다.

이전에는 책은 처음부터 끝까지, 가급적 순서대로 다 읽는 게 유일한 독서법이었다. 아리스토텔레스는 《시학》에서 시작과 중간 그리고 마무리의 순서를 이렇게 설명했다.

"전체는 시초와 중간과 종말을 가지고 있다. 시초는 그 자체가 필연적으로 다른 것 다음에 오는 것이 아니라, 그것 다음에 다른 것이 존재하거나 생성되는 것이다. 반대로 종말은 그 자체가 필연적으로 또는 대개 다른 것 다음에 존재하고, 그것 다음에는 다른 것은 아무것도 존재하지 않는 성질의 것이다. 중간은 그 자체가 다른 것 다음에 존재하고, 또 그것 다음에 다른 것이 존재하는 것이다. 그러므로 플롯을 훌륭하게 구성하려면 아무 데서나 시작하거나 끝내서는 안 된다."

하지만 나도 필요한 자료를 찾기 위해 독서할 때는 골라 읽는다. 목적에 따라 독서법도 달라진다. 각자 더 유익하고 효율적인 방법을 선택하면 된다. 게다가 꼭 필요하지 않은 내용을 이것저것 꽤 많이 끼워 넣은 책도 적지 않다. 책의 볼륨을 키울 요량으로 너무 자세하게 설명하고 장황하게 묘사한다. 구차하고 복잡한 설명까지 넉넉하게 수용하고, 오히려 즐기는 독자도 있겠지만, 나는 "진리는 항상 많은 사실들의 혼란이 아닌, 단순함 속에서 찾을 수 있다"고 한 물리학자 아이작 뉴턴1643-1727 편이다.

단순한 것이 늘 최상은 아니지만, 최상은 예외 없이 단순하다. 나도 언제나 단순하고 솔직한 설명이나 표현에 끌린다. 순전히 개인적 판단 혹은 취향이다. 내가 글쓰기의 모범으로 기억하는 이야기도 모두 'KISS'Keep it short simple 버전이다.

조선 후기 실학자로 서예가이자 문인화가로 활동한 김정희 1786-1856는 적게는 100여 개에서 많게는 500여 개의 호를 사용했다. 그중 추사秋史와 완당阮堂이 대표적인데 "중년에 들어서면서 추사라는 낙관은 거의 쓰지 않고 주로 완당이라고 했다."(유홍준, 《완당평전1》)

완당이 그린 '세한도歲寒圖'는 국보 180호다. 하지만 그림은 엉뚱하다 싶을 정도로 간단하다. 그리다 만 것 같은 집 한 채, 나무 네 그루 그리고 한쪽 귀퉁이에 이상적1804-1865에게 쓴 편지 글이 전부다. 그림의 밑바탕도 칠하지 않았다. 이런 걸 완성된 그림 작품이라고 할 수 있을까? 이런 의심마저 들게 하는 이 점이 '세한도'의 진수다. 완당이 전하고자 하는 마음(주제)이 선명하게 나타나기 때문이다.

당시 완당은 제주도에 유배 중이었다. 가깝게 지내던 사람들이 하나둘 소식을 끊었다. 너무나 허망한 세상에 실망했다. 제자인 역관 이상적만 변함없는 우정을 보여주었다. 중국에서 어렵게 구한 귀한 서적을 보내준 그에게 말로 다 표현할 수 없는 고마음을 전하고 싶었다. 평생 붓 천 자루를 몽당붓으로 만들고, 70여 개의 벼루를 닳게 만든 완당이다. '큰 기교가 오히려 서툰 듯하고, 큰 달변이 마치 더듬는 듯한 법이다.'(대교약졸 대변약눌 大巧若拙 大辯若訥, 노자, 《도덕경》) 썰렁한 빈 바탕에 달랑 집 한 채, 마당의 나무 네 그루는 쓸쓸하기 그지없는 자신의 처지를 그대로 담아낸 것이다.

우리 뇌는 자잘한 세부 사항을 일일이 다 보고, 다 듣지 않아도 된다. 익숙한 것들과 비교하여 큰 그림을 유추할 수 있게끔 설계되어 있다. 단편적인 부분을 드문드문 보고 들어도 독자들은 자신들이 알고 있는 것에 기초하여 전체를 유추해낸다. 오히려 너무 많은 사실들이 뒤엉키면 이해하기 어려운 넋두리가 되고 만다. 적게, 세련되게, 이야기를 진전시키는 데 꼭 필요한 사실만 전하고 나머지는 독자들에게 맡긴다. 오히려 "만약 어떤 것을 단순하게 설명할 수 없다면, 그것을 충분히 이해하지 못한 것이다."(알버트 아인슈타인)

다음은, 중국 고전 《열자列子》에 나오는 '빈모려황牝牡驪黃' 이야기다. 암컷 빈, 수컷 모, 검을 려, 누를 황이다.

진나라의 10대 군주인 목공이 신하 백락에게 전장에서 탈 명마를 알아볼 만한 사람을 구해달라고 하자, 백락이 친구인 구방고를 소개했다. 중국 전역을 돌아다닌 구방고가 돌아와 사구 지역에 있는 명마가 훌륭하다고 말했다. 목공이 궁금해하며 어떤 말이냐고 묻자 '누런 암말'이라고 대답했다. 말을 데려오니 '검은 숫말'이었다. 목공이 "색도, 암수도 구분 못하는 구방고를 믿을 수 없다"고 하자 백락이 말했다. "구방고가 드디어 신의 경지에 이른 겁니다. 꼭 필요한 정수만 파악하고 부수적인 건 무시한 겁니다." 말을 타보니 과연 천하의 명마였다.

누구라도 보고 듣고 느끼고 생각난 모든 것을 빠뜨리지 않고 다 말할 수는 없다. 꼭 전달해야 할 것부터 단도직입한다. 자칫 퉁명스러운 어조나 태도가 될지언정 오히려 주제나 메시지를 더 강하게 전달할 수 있다.

내가 가장 좋아하는, 스페인의 초현실주의 화가 살바도르 달리1904-1989가 마드리드 왕립미술학교 입학시험을 칠 때 이야기다. 엿새 동안 조각상의 데생을 완성하는 시험이었다.

데생을 시작하고 사흘째 되는 날, 학교 마당에서 달리를 기다리는 아버지에게 학교 수위가 다가와서 말했다. "선생님 자제 분은 재능은 뛰어난 것 같은데 시험 규정을 따르지 않는 거 같아요. 규정보다 너무 작게 그리고 있어요."

그날 저녁 아버지가 달리에게 말했다. "어떻게 다시 시작할 용기가 있니?" 다음 날 달리는 사흘 동안 그린 데생을 지워 없앴다.

밖에서 초조하게 기다리던 아버지가 물었다. "그래, 어떻게 했니?" 달리가 대수롭지 않게 대답했다. "다 지워 버렸어요." 아버지가 애써 긴장을 누르며 물었다. "새로 시작하는 데생은 잘되니?" 달리는 그다지 걱정하지 않는 듯이 말했다. "아직 시작 안 했어요." 아버지는 당황하며 말했다. "그래, 얘야. 하지만 이틀밖에 안 남았잖아. 내가 데생 지우는 걸 말릴 걸 그랬구나."

닷새째, 데생을 시작했지만 이번에는 너무 크게 그린 것을 깨달은 달리는 데생을 다시 지워버리고 말았다. 초조하게 기다리던 아버지가 물었다.

"어땠니?"

"너무 크게 그렸어요."

"어떻게 할 작정이니?"

"다 지워 버렸어요."

아버지는 이미 제정신이 아니었다.

"그래, 아직 하루가 남아 있잖아. 너는 몇 시간 만에 데생을 완성한 적도 있잖아."

엿새째, 달리는 곧장 작업에 들어가 까다로운 음영을 포함해 데생을 완성시켜 버렸다. 하지만 끝내고 보니, 맨 처음 데생보다도 더 작게 그린 것을 깨달았다. 교실에서 나오자 아버지는 차마 물어보지 못하고 달리의 입만 쳐다보았다.

"걱정 마세요. 이번에는 정말 훌륭한 데생을 그렸어요. 하지만 처음 것보다 조금 더 작았어요."

"…."

시험결과가 나왔다. '달리의 데생이 규정된 크기대로 그려지지는 않았으나 너무나 완벽하여 합격으로 인정하지 않을 수 없음.'

《나는 고양이로소이다》《도련님》《마음》 등의 소설을 남긴 일본의 국민작가 나쓰메 소세키1867-1916가 말했다. "문장이란 엿가락 만드는 기술과 같다. 늘이려면 얼마든지 늘어난다. 그 대신, 진정한 맛은 줄어든다는 것을 알아야 한다."

통섭이나
융합이나
에디톨로지는

~~~~~~

《노는 만큼 성공한다》《남자의 물건》등 일단 자극적인 타이틀로 독자를 유혹하는 김정운 문화심리학 박사가 자신의 일생일대의 역작이라고 큰소리 뻥뻥 치면서《에디톨로지 : 창조는 편집이다》를 출간한 게 2014년 10월이었다.

논현역 근방 카페에서 다음 미팅 시간을 기다리며, 막 발간된 《에디톨로지》를 읽고 있을 때 휴대폰이 떨렸다.《잘 찍은 사진한 장》《찰칵 짜릿한 순간》《내가 갖고 싶은 카메라》《소리의 황홀》《윤광준의 생활명품》《내 인생의 친구》《마이웨이》《윤광준의 신 생활명품》《심미안 수업》《내가 사랑한 공간들》등 다양한 소재와 주제의 책을 꾸준하게 발표하는 윤광준 형이다. 내가 나이가 두 살 많지만 우리는 호형호형한다.《에디톨로지》를 읽고 있었다고 하자, 윤 형이 반색하며 말했다. "그죠. 정말 똑같죠!"

윤 형과 김정운 박사도 호형호형한다. 그래서 김정운 박사가 내는 책마다 윤 형이 등장하고, 윤 형이 내는 책마다 김정운 박사가 등장한다.《에디톨로지》의 후기에도 윤 형이 등장한다. 윤 형과 나는 알고 지낸 지 근 20년이 다 돼가지만 그동안 '어떻게 쓰는가'에 대해 얘기를 나눈 적은 단 한 번도 없다. 만날 때마다 '어떻게 메모하는가'를 놓고 서로의 경험담을 나누곤 했다.

내가 윤 형에게 "나는 쓰지 않아요. 개떡같이 메모하고, 찰떡같이 연결하는 거죠 뭐"라고 말하면 윤 형이 늘 맞장구를 쳐주었다. "김정운 박사가 늘 강조하는 게 바로 그거라니까요. 메모를 모으고 연결하는 '메모하고 기록하기'와 기존의 것들을 해체하고 재구성하는 김정운 박사의 '에디톨로지'의 개념과 방법이 똑같다니까요."

나도 "실력이 있다는 것은 편집할 수 있는 자료가 많다는 뜻이다. 남의 이론을 많이 그리고 열심히 공부해야 하는 이유는 편집할 수 있는 카드(메모)를 많이 만들기 위해서"라는《에디톨로지》를 읽으면서 얼마나 많이 안심했는지 모른다.

"세상 모든 것들은 끊임없이 구성되고, 해체되고, 재구성된다.

신문이나 잡지의 편집자가 원고를 모아 지면에 맞게 재구성하는 것, 영화 편집자가 촬영한 자료들을 모아 속도나 장면의 길이를 편집하여 관객들에게 전혀 다른 경험을 가능케 하는 것처럼, 우리는 세상의 모든 사건과 의미를 각자의 방식으로 편집한다."(위의 책)

다시 말해, 메모하고 메모하고 연결한다는 말 아닌가.

2008년 글로벌 금융위기 때 이야기다. 환율이 무섭게 요동치던 그해 7월, 누군가 미네르바라는 아이디로 아고라(다음Daum에서 운영한 온라인 토론방으로 2019년 1월 폐지됐다)에 글을 올리기 시작했다. 당국의 위기 대응을 조목조목 비판한 미네르바의 글을 읽은 사람들은 그가 경제학자나 전문가일 거라고 짐작했다. 그의 '예언'들이 얼추 맞아떨어지자 그를 '인터넷 경제 대통령'으로 추켜세웠다. 그러나 당국이 허위 사실을 유포한다며 미네르바를 긴급 체포하면서 사건은 엉뚱한 방향으로 전개됐다. 미네르바가 경제학과는 전혀 상관없는 전문대를 졸업한 취업 준비생이라는 사실이 알려지면서다.

미네르바가 인터넷상에 흘러 다니는 각종 경제 관련 정보를 끌어모아 글을 짜깁기했다고 털어놨지만 누구도 그의 말을 귀담

아든지 않았다. 하지만 대다수 학자와 전문가들은 경제학을 전공하지 않은 그가 비교적 정확한 예측을 할 수 있었던 방법을 눈치 챘다. 그들도 그런 식으로 데이터와 정보를 메모하고, 메모를 짜깁기하여 책을 내고 논문을 발표하고 새로운 학설을 발표하니 말이다.

"미네르바의 짜깁기는 그 어떤 경제전문가보다도 훌륭한 지식편집이었다. 대학에서 인정하는 논문과 학위 시스템에서만 가능했던 지식편집이 이제는 인터넷상에서도 얼마든지 가능하다는 사실에 기존의 지식 권력자들은 깊은 충격을 받았다."《에디톨로지》)

한 기자가 미래학자 존 나이스비트에게 질문했다.

"어떻게 닥치지도 않은 미래를 예측하나요?"

존 나이스비트는 대수롭지 않게 대답했다.

"관찰이다. 매일 6-7시간을 신문을 읽으며 현재를 분석하고 관찰한다. 미래는 현재에 내포돼 있다. 현재를 관찰하고 이해하면 미래를 예상할 수 있다. 나에겐 신문이 현재를 분석하고 미래를 내다보는 도구다. 신문으로 매일 전 세계로부터 다양한 정보를 수집(메모)한다."

미래학도 결국 메모하고 메모하고 연결하는 일이다. 현재는 과거를 메모하고 메모하고 연결한 것이고, 미래는 현재를 메모하고 메모하고 연결하는 것이다. 과거와 전혀 상관없는 현재는 있을 수 없고, 현재와 전혀 상관없는 건 미래가 아니다. 그건 공상이나 허상일 뿐이다. 미래학자 앨빈 토플러도 신문, 논문, 통계 자료, 각 부문의 보고서, 다양한 분야의 전문가들과의 인터뷰 등에서 수집한 메모를 연결하여 미래를 전망한다고 말했다.

미래를 예측하는 빅데이터가 등장할 때 앞세운 구호가 '인터넷에 떠도는 엄청난 양의 데이터와 정보를 수집하고 연결하면 세계를 선점할 수 있다'였다. 그러나 빅데이터 기술의 기초를 아날로그 형태로 분해해보면 의외로 단순하다. 자료를 수집하고 선택하고 분류하고 연결하는 것이다. 엄청난 혁신이나 변화가 이루어진 듯하지만 기본은 간단하다. 메모하고 메모하고 연결하는 것이다. 어떤 일이든 난해하고 복잡하고 변수가 많을수록 단순하게 접근하는 게 상책이다.

김정운 박사가 《에디톨로지》에서 이렇게 말했다. "에디톨로지와 비슷한 개념은 많다. 통섭, 융합, 크로스오버, 최근엔 콜라보레이션까지. 그런데 왜 통섭이나 융합이 아니고 에디톨로지인가? 통섭이나 융합은 너무 어깨에 힘이 들어갔다."

　그래서 하는 말인데, "메모하고 기록하기와 비슷한 개념은 많다. 통섭, 융합, 크로스오버, 콜라보레이션, 에디톨로지까지. 그런데 왜 통섭, 융합, 에디톨로지가 아니고 메모하고 기록하기인가? 통섭이나 융합이나 에디톨로지는 너무 어깨에 힘이 들어갔다."

메모만 하는
vs 메모하고 기록하는

~~~~~

'메모하고 기록하기'의 구체적 방법론인 '메모를 연결하여 책 쓰기'를 본격적으로 시작하기 전에 꼭 짚고 넘어가고 싶은 게 '우리의 기록문화'다.

일본의 식당에서 아르바이트를 한 한국인 유학생이 자신의 블로그에 올린 글이다. 블로그는 사라졌지만, 내가 메모해 놓았다.

"아르바이트생들도 오전이나 오후 일을 마치면 게시판에 다음 교대자를 위해 전달할 사항을 메모해서 붙인다. 카레는 얼마 쓰고 버리라든지, 고등어가 모자라니 어느 만큼 주문하라든지, 냉장고의 모서리가 튀어나와 다치기 쉬우니 주의하라든지, 일하는 데 이러이러한 게 불편한데 이렇게 하면 어떻겠느냐라든지, 손님이 지적한 불평 사항까지 미주알고주알 써서 붙인다. 오전 근무자가 남겨놓은 메모를 보고 오후 근무자가 참고하고, 오후 근무자가 붙인 메모가 다음 날 작업에 반영된다. 사소해 보이는 이런 작은 경험들이 작업 시스템을 정교하게 개선시켜 생산성과 효율성을 높인다."

이 유학생이 목격한 게 일본의 기록문화다. 일본인들은 사소하고 하찮아 보이는 작은 경험까지 메모한다. 그렇게 모은 메모를 연결하여 무언가 새로운 사실이나 지식을 만들어 내려는 노력을 한다. 이렇게 의식적으로, 습관적으로 메모하고 메모하고 연결하는 게 기록문화다. 우리는 기록문화, 기록문화 하지만 말 뿐이다.

"생생한 데이터, 사례연구, 역사는 돈 주고도 못 사는 귀중한 자산이다. 그러나 우리나라는 기록문화가 너무 빈약하다. 내용을 일목요연하게 기록하는 것 자체를 귀찮아한다. 사회 전반적으로 각종 노하우의 기록과 보관을 소홀히 하다 보니 유용한 지식과 기술 전파가 느리고 때로 사장死藏되는 경우가 많다."(이건희,《이건희 에세이 : 생각 좀 하며 세상을 보자》)

일본은 2019년 10월, 요시노 아키라 메이조대학교 명예교수가 노벨화학상 수상자로 결정되면서 모두 25명(물리학상 9명, 화

학상 8명, 생리의학상 5명, 문학상 2명, 평화상 1명)의 노벨상 수상자(일본
국적)를 배출했다. 우리는 김대중1924-2009 전 대통령이 2000년에
수상한 노벨평화상 하나뿐이다. 물리, 화학, 생리의학, 문학에선
아직 노벨상 수상자가 없다. 학문 분야만 비교하면, 한국과 일본
은 '0 : 24'다.

스마트폰, 노트북, 전기차 등에 사용되는 리튬이온전지를 개발
한 요시노 아키라 교수는 자신은 처음부터 새로운 형태의 전지
개발을 목표로 했던 것은 아니라고 했다. 만약 처음부터 새로운
전지를 개발하려 했으면 리튬이온전지를 개발하지 못했을 거라
며, 기존 전지를 연구하다 보니 새로운 전지를 개발하게 된 것이
라고 솔직하게 말했다. 따지고 보면, 식당에서 생산성과 효율성
을 높이는 요령과 학자들의 연구 과정과 노력이 크게 다르지 않
다. 연구란 새로운 것을 발견하기보다 이미 알고 있던 기존의 사
실과 정보의 재발견, 재해석, 재확인을 위한 조사가 더 많다. 둘
다 메모하고 메모하고 연결하는 일이다. 문제는 의식과 습관이
다. 어떤 일이든 원인은 복합적이지만, 한국과 일본 두 나라의 기
록문화의 차이도 '0 : 24'에 어떤 영향을 미치지 않았을까.

일본인들의 꼼꼼한 메모와 기록 습관을 실감한 적이 있다. 일

본에 가서 인터뷰를 요청했는데, 열에 열 사람이 작은 가방을 들고 나왔다. 나는 그냥 무슨무슨 일에 대해 물어보고 싶다고 말했을 뿐인데, 자신들이 메모해둔 수첩이나 일기 등 기록에 필요한 관련 자료를 챙겨 나왔다. 그들은 메모와 기록의 차이를 알고 있었고, 자신들이 그것을 안다는 사실을 은근히 자랑했다.

반면 내가 만난 국내 기업과 기관은 대부분 메모와 기록을 구분하지 못했다. 나를 문서창고나 자료실로 안내하고는 "모든 기록은 잘 관리하고 있다"고 말하지만 온통 메모뿐이다. 아날로그 시절이나 디지털 시대나 변한 게 없다. 우리의 자료관리 체제는 일단 인풋이다. 열심히 모아놓기만 하지 한 번도 들추어 보지 않는 자료가 대부분이다. 그러고는 불황이나 경제위기 때마다 그 원인을 바깥 탓으로 돌린다. 그 대책도 바깥에 의존한다.

2016년 한국거래소는 미래성장을 위한 전략보고서를 다국적 컨설팅업체인 맥킨지McKinsey & Company에 발주했다. 같은 해에 국내 조선업계도 조선산업 경쟁력 강화를 위한 보고서 작성을 맥킨지에 의뢰했다. 비용은 둘 다 10억 원으로 알려졌다. 맥킨지라고 해서 의뢰받는 모든 문제를 이미 다 경험했을 수는 없다. 생전 처음 만나는 유형의 문제도 있기 마련이다. 하지만 맥킨지는 여

하히 아웃풋―문제의 해답이나 해결책―을 만들어내는 공식을 알고 있다. 우리가 학교에서 수학을 배울 때도 일단 공식을 기억하고, 같은 유형의 문제는 공식에 대입한다.

맥킨지에 입사하면 가장 먼저 익히는 게 보고서 작성 기법이다. 초기에 선배들로부터 집중적인 피드백을 받는다. 제안서를 작성하고, 회의록을 작성하고, 인터뷰를 정리하고, 일일보고서와 주간보고서, 월간보고서를 작성한 뒤 그들을 연결하고 요약하여 최종 보고서를 작성하는 게 그들의 기본 업무 스킬이다. 이들이 모든 보고서 작성에 사용하는 기본 툴은 동일하다. 주어진 문제와 관련된 데이터와 정보를 메모하고 메모하고 연결하여 현장에 적용할 수 있는 지식을 찾아낸다. 맥킨지의 컨설턴트들은 어떤 의뢰든, 문제가 생긴 현장에서 시작한다. 현장의 자료와 사람을 만난다. 메모하고 메모하고 연결한다. 그 공식을 갖고, 세계를 돌아다닌다.

학창 시절에 복싱을 배운 적이 있다. 얼른 링에 올라가고 싶었지만 지겹도록 기본기를 배웠다. 줄넘기, 스텝 밟기, 원투 스트레이트 뻗기, 원투 스트레이트에 이어 어퍼컷과 훅을 연결하고, 가상의 상대방을 생각하며 혼자 싸우는 '섀도복싱shadow-boxing'을 배우는 데만 1년 이상이 걸렸다. 그러고도 링에 올라가서 정신없이 맞았다. 그런데 학교를 졸업하고 입사한 회사에서는 기본기라는 걸 배운 기억이 없다. 그냥 뭐든 대충 배우고 대충 처리하다 보니 느는 건 눈치뿐이었다. 조직의 기본은 뭘까? 회사를 나와 아웃사이더가 된 뒤에야 조직의 기본을 깨달았다.

회사는 여러 사람이 역할을 분담하여 공동의 목적을 달성하는 조직이다. 기본은 당연히 소통이다. 조직의 구조와 기능은 인체와 흡사하다. 인체는 피가 순환하며 소통하고, 회사라는 조직은 보고서가 순환하며 소통한다. 인체든 조직이든 순환이 안 되면 최소 마비 아니면 결국 사망이다.

맥킨지처럼 입사 초기에 보고서의 가치와 목적, 작성 기법을 피드백해 주는 국내 기업이나 기관은 없다. 선배들의 어깨너머로 대충 익힌다. 보고서의 내용이나 결과는 대부분 상사가 원하는 결론이나 방향에 맞춘다. 보고하는 직원이나 보고받는 상사나 그런 보고서가 아무런 가치가 없다는 것은 안다. 다들 속으로는 이런 보고서를 왜 매일 작성해야 하는지 모르겠다고 자조한다.

한 컨설팅업체가 기업이나 기관의 임직원들이 하루 일과 중 어떤 업무에 가장 많은 시간을 소비하는지 조사했다. 문서 작성에만 총 근무시간의 40% 이상을 투자했다. 아이러니한 건 그렇게 많은 시간과 공을 들이는 그 일을 가장 싫어하고 부담스러워한다는 점이다. 내 주변에도 문서 작성 때문에 금연을 못한다는 사람이 몇 있다. 보고서 작성을 글쓰기로 인식하고 접근하기 때문이다.

보통 보고서를 '쓴다'고 생각한다. 그러면 '글은 문장이다'라는 강박관념이 보고서 작성을 어렵게 만든다. 글을 쓴다는 고정관념을 버리고, 메모를 연결한다고 생각한다. 그러면 보고서든 제안서든 기획서든 컴퓨터 앞에 앉지 않아도 된다.

보고서의 목적을 생각한 뒤 메모를 시작한다. 이전의 비슷한 보고서를 참고하여 메모하고, 동료들과 이야기하다가도 메모하고, 화장실에 가서도 떠오르는 생각을 메모한다. 보고 느끼고 생각나는 것들을 모두 메모한다. 메모는 단문 혹은 단어나 구만으로도 충분하다. 떠오르는 생각과 아이디어를 모두 메모로 수집한다Gathering. 메모가 어느 정도 모이면 '차고 세일'을 한다. 차고 안 물건들을 팔기 위해 차고 앞에 모두 끄집어내듯이 모든 메모를 펼쳐놓고 분류하고 조합한다Categorizing. 그러다 보면 전혀 생각하지 못했던 아이디어나 새로운 사실이나 의미가 보인다. 관련 메모를 연결하는 것만으로도 그것을 전달할 수 있다_{Naming}.

건축가가 되려면 건축학 개론을 공부하고, 언론인을 지망하면 언론학 개론을 수강한다. 기업과 기관의 임직원들은 메모하고 메모하고 연결하는 'G-C-N'의 기록학 개론을 익혀야 한다.

PART II

메모를 연결하여
책 쓰기

나의 롤모델은
몽테뉴?

~~~~~~~

    수필 문학의 고전으로 평가받는 《수상록》의 첫 버전은 1580년에 나왔다. 저자인 미셸 드 몽테뉴1533-1592는 자신은 글을 정말 못쓰고, 문법도 모르고, 기억력도 나쁘고, 자기가 말하고자 하는 것을 표현할 능력이 없다고 했다. 그런 약점 때문에 자신은 학자처럼 정확하거나, 작가처럼 독창적이거나, 시인처럼 언어가 뛰어날 수 없으며, 그럴 의무도 없다고 생각했다. 책을 많이 읽는 이유는 "다양한 내용을 읽는 것이 생각하는 능력을 자극해주고, 기억을 동원하여 주기 때문"이라고 했다.

    몽테뉴는 자신의 나쁜 기억력을 보강하기 위해 읽는 책에 밑줄을 긋고 메모하는 습관이 있었지만 흔히 말하는 서평이나 비평과는 거리가 멀었다. 그저 생각난 것을 끄적거리는, 말 그대로 메모하는 정도였다. 그렇게 여기저기서 읽은 메모와 자신의 짧은 생각을 덧붙인 《수상록》이 아직도 읽히는 건 학자처럼 작가처럼 시인처럼 잘 쓰려고 하지 않고, 꾸미지 않은 진솔한 생각을 담았기 때문이 아닐까.

한 지인이 나에게 물은 적이 있다. 내가 모델로 생각하는 작가가 있냐고? 나는 우물쭈물 넘어갔다. 지금도 그 질문에 대답하는 건 난처하다. '몽테뉴'라고 하면, 글을 정말 못 쓰고, 문법도 모르고, 기억력도 나쁘고, 자기가 말하고자 하는 것을 표현할 능력이 없다고 대놓고 광고하는 셈이기 때문이다.

어디서
작업하세요?

~~~~~~~~

"주로 어디서 작업하세요?"

프랑스에 거주하는 젊은 (한국인) 화가가 나에게 물었다. 그는 한국으로 돌아왔으면 했다. 대놓고 말은 안 했지만, 그런 게 묻어나왔다. 한국에서의 작업실 운영 비용 같은 것을 우회하여 물었다. 오래전에 작업실을 철수하고 재택근무를 하는 나도 우회적으로 대답했다.

"책상 앞에 앉아 있는 시간보다 돌아다니는 시간이 많아요. 하지만 어디서든 작업해요. 커피숍에서, 지하철에서, 기차에서, 비행기에서, 어디서든 메모해요."

앙리 카르티에 브레송이 《영혼의 시선》에서 "사진 촬영은 내 스케치북의 하나다"라고 했는데, 나는 휴대폰의 디지털 메모장에 스케치(메모)한다. 내가 아이폰, 아이패드, 맥을 사용하는 건 순전히 연동되는 기본 메모장 때문이다. 애플 마니아는 아니지만 애플의 심플한 메모장 마니아는 맞다.

종이 메모장이 필요할 때도 있다. 영화관이나 연주회 같은 곳에선 처음부터 포스트잇과 연필을 꺼내놓고 본다. 메모하고 싶은 자막을 놓치면 그 영화를 또 보기도 한다. 누군가와 대화를 나누다 메모할 때도 종이 메모지를 사용한다. 휴대폰에 메모하면, 상대방이 내가 다른 사람과 문자 메시지를 주고받는다고 오해할 수도 있어서다.

하지만 그 화가는 내가 무슨 말을 하는지 잘 모르겠다는 표정을 지었다. 명색이 작가라는 사람이 '어떻게 쓴다'는 말은 한 번도 안 하고 줄곧 메모 얘기만 했으니. 할 수 없이 내 작업 방법을 설명했다.

"여기저기서 메모를 그러모은 뒤에 그들을 이어 붙이는 거죠 뭐. 이것저것 조각을 이어 붙여 원하는 형상이나 이미지를 만드는 미술의 모자이크 기법을 연상하시면 돼요."

이전에는 이런 말을 노골적으로 하지 못했다. 다른 저자나 학자들은 모두 머릿속에 온갖 경험과 지식을 저장해 놓았다가 글로 풀어내는 줄 알았다. 알고 보니, 다른 저자나 학자들도 메모하고 연결하는 모자이크 기법으로 각자의 아웃풋을 만들어낸다.

《에디톨로지》의 저자 김정운 박사도. "다른 사람들은 책을 어떻게 쓰는지 모르겠지만 나는 남들이 이렇게 쓰고, 저렇게 쓴 것들을 주제별로 모아서 책을 내요. 스스로 지식을 편집할 줄 알아야 한다고 생각하거든요. 그러니까 이 저자의 이 부분, 저 저자의 이 부분을 내 마음대로 가져와서 엮어내고 내 지식으로 만드는 것이 적극적인 독서법이라고 생각해요."(네이버 캐스트 '지식인의 서재')

《탁월한 아이디어는 어디서 오는가》의 저자 스티븐 존슨도. "10년 이상 전부터 나는 흥미롭다고 느낀 글들을 디지털 기록보관소에 모아 왔다. 21세기 버전의 비망록이라 할 수 있다. 그중 일부는 구체적 프로젝트들과 관련된 내용이고, 다른 글들은 무언가와 연결되기를 기다리는 예감들이다. 일부는 다른 책이나 기사에서 옮겨 적은 것들이고, 일부는 웹에서 직접 복사한 것들이다. 구글북스Google Books와 킨들Kindle 덕분에 다른 책에서 흥미로운 부분을 복사하고 저장하는 것이 훨씬 간단해졌다. 거기에는 책, 에세이, 블로그 포스트, 메모 등 내가 쓴 글들도 있다. 그렇게 내가 쓴 글과 다른 사람들의 글을 결합한다."

많은 사람이 저자가 되고 싶어한다. 그래서 책을 많이 읽는다. 독서는 필수 과정이다. 그런데 독서만 하는 독자가 많다. 메모를 하기는 하지만 저자가 되기에는 그 요령이나 습관이 부족한 것 같다. 메모에 비하면 독서는 일도 아니다. 읽다가 필요한 내용을 일일이 메모하는 게 쉽지 않다. 정말 엄청난 끈기와 습관이 뒷받침돼야 한다. 《책벌레와 메모광》의 저자 정민 교수처럼 책벌레는 물론 메모광이 돼야 한다. 나는 독서를 하는 건지 메모를 하는 건지 모를 때가 많다. 아무 책이든 펴면, 메모할 게 막 보이고 막 떠오른다.

그래서 주머니에 항상 메모지와 몽당연필을 갖고 다녔다. 지금은 휴대폰 메모장 덕분에—어쩌면 탓에—메모지와 몽당연필은 가방 속으로 들어갔다. 대신 어디를 가든 가방을 들고 다닌다. 그런데 메모는 휴대폰 메모장이나 메모지보다 오히려 책에 많이 한다. 책을 읽을 때 메모할 게 가장 많이 보이고 생각나기 때문이다. 그러면 그냥 책에 써버린다.

오래전 에피소드인데, 지인에게 필요한 책을 선물했다. 절판된 책이라 새 책을 못 사주고 내가 갖고 있던 헌 책을 선물했다. 며

칠 후에 그가 웃으면서 책을 돌려줬다. 책 안에 매우 사적이고 내밀한 메모가 있다면서. 다음부터는 헌책 선물은 가급적 삼간다. 한번은 책장에서 무작위로 책을 꺼내 넘겨 보았더니 이런 메모들이 보인다.

제주신라호텔 407호. 현희, 탁이, 다솜이는 아직 곤하게 자고 있다. 여행이 남겨주는 건 카드계산서, 추억, 아쉬움, 미련, 그리고 또 여행을 떠나고 싶은 충동감이다. 그러나 집으로 돌아가는 것이 아니다. 다시 여행을 떠나는 거다. 인생이란 여행이니까. 1998년 1월 15일 금요일
　　　　　　　　　　　　 - 엘리아데의 《벵갈의 밤》에 메모

어제는 엄청 추웠다. 아침에 충무로 인쇄가게에 명함 맡기고, 남대문시장에서 탁이 시계 고쳤다. 저녁에 명함 찾을 때까지 광화문서점에서 시간 보내다가 이 책을 발견했다. 오늘 새벽에 이 작은 책을 다 읽었다. 글보다 빈 공간이 더 많고 그림보다 빈 여백이 더 많은 책에서 배웠다. 글이든 그림이든 머리가 아닌 손으로 생각하라! 1999년 1월 10일
　　　　　　　　 - 이오네스크의 《이오네스크의 흑과 백》에 메모

한 권의 책이 역사를 바꾼다. 베트남에 대한 내 관점을 180도 바꿔놓았다. 집과 합정동 작업실을 오가는 전철 안에서 읽고 있다. 두 번째. 2001년 6월

– 찰스 펜의《호치민 평전》에 메모

왜 책을 읽는가? 그러면 새로운 지식의 습득, 세상의 흐름 따라가기, 팍팍한 인생의 동반자라는 등 꽤 거창한 대답이 나온다. 내가 책을 읽는 이유는 나만큼 작고 단순하다. 메모하기 위해서다. 최근에 깨달았지만, 나는 그동안 독서다운 독서는 못했다. 순전히 메모하기 위해 자료를 넘겼을 뿐이다. 아무튼 그랬으니까 30년간 작가의 일을 하고 있는 거지만.

내가 아는 예비 저자들은 독서도 많이 하고, 글쓰기 책도 많이 읽는다. 그런데 되레 글쓰기 책에 발목이 잡힌 이들이 있다. 글쓰기 책마다 이렇게 쓰라, 저렇게 쓰라고 코치한다. 무슨무슨 원칙이나 기법 등을 장황하게 설명한다. 그들이 코치해주는 대로 주제를 먼저 생각하고, 개요를 만들고 하다 보면, 이렇게 복잡한 일을 내가 과연 잘할 수 있을까? 하는 불안감이 스멀스멀 올라온다. 슬그머니 꼬리를 내린다. 대부분 그런 식으로 아까운 세월만 까먹는다.

"너무 많이 생각하지 말고 무언가를 그냥 시작해." 무일푼에서 시작해 44조 원의 자산을 일군 중국 사업가 마윈의 말대로, 너무 많이 생각하지 말고 일단 메모부터 시작하는 게 낫다. 메모가 늘어나면서 주제나 개요도 생각난다. 메모만 할 때는 불안감 같은 것도 없다.

1904년 제정된 페미나상Prix Femina은 프랑스에선 네 손가락 안에 드는 문학상이다. 심사위원은 전원 여성 작가다. 심사위원 전원이 남성 작가인 공쿠르상을 의식해서 제정했지만, 수상 작가는 남녀를 구분하지 않는다. 2018년엔 프리랜서 언론인 필리프 랑송이 쓴 논픽션《르 랑보Le Lambeau》가 페미나상 수상작에 선정됐다. 'Le Lambeau'는 외과에서 사용하는 이식수술용 뼛조각을 말한다.

2015년 1월 7일, 이슬람 극단주의자들이 파리의 샤를리 에브도 주간지 편집국에 난입하여 총을 난사했다. 필리프 랑송은 12명의 사상자 중 한 명이다. 턱에 총을 맞았지만 기적적으로 생존했다. 랑송은《르 랑보》에 십수 차례의 대수술을 받는 과정에서의 공포와 환각 등 정신적 후유증을 겪었던 긴 여정을 담았다.

국내에선《르 랑보》를 이렇게 소개했다.

"<u>언론인이자 작가인 저자</u>가 2015년 세계를 뒤흔든 '샤를리 에 브도 사건'을 소재로 치밀한 조사와 인터뷰를 바탕으로 완성해 낸 기록문학이다."

우리는 누구라도 책을 내면 곧바로 작가가 된다. 언론인이 책을 내면 언론인이자 작가인 저자가 되고, 과학자가 책을 내면 과학자이자 작가인 저자가 되고, 역사학자가 책을 내면 역사학자이자 작가인 저자가 되고, 배우가 책을 내면 배우이자 작가인 저자가 되고, 주부가 책을 내면 주부이자 작가인 저자가 된다. 책 쓰기를 작가의 일로 구획하는 것이다.

유럽과 미국에선 보통 이렇게 소개한다고 한다.

"<u>언론인인 저자</u>가 2015년 세계를 뒤흔든 '샤를리 에브도 사건'을 소재로 하여 치밀한 조사와 인터뷰를 바탕으로 완성해낸 기록문학이다."

작가는 영어로 Writer 혹은 Author다. 저자도 Writer 혹은 Author다. 작가와 저자는 동의어다. 그보다 책 쓰기를 작가의 일로 구획하지 않는다. 누구나 저자가 될 수 있다는 문화다. 그만큼 저자층이 두껍다. 우리도 저자층이 점차 두꺼워지고는 있다지만, 아직까지 한국은 세계에서 번역서 발행 비율이 가장 높다.

피에르 르메트르는 대학에서 프랑스문학과 영문학을 강의하다가 55세가 된 2006년에 쓴 첫 소설《세밀한 작업》으로 코냑페스티벌 신인상을 수상하고, 이어 발표한《웨딩드레스》《사악한 관리인》으로 2009 미스터리 문학 애호가상, 몽티니 레 코르메유 불어권 추리소설 문학상, 2010 유럽 추리소설 대상 등을 받았다. 2013년에 발표한《오르부아르》는 프랑스에서만 120만 부가 팔리고 공쿠르상을 수상했다.《웨딩드레스》와《사악한 관리인》등은 영화로도 제작됐다. 한국에서도《화재의 색》《알렉스》《사흘 그리고 한 인생》등이 번역돼 나왔다.

"왜 소설가가 됐나요?"

한국 기자가 묻자, 이렇게 대답했다.

"나이 들어 소설 쓰니 의아한가? 만약 내가 정비공이 됐거나 식당을 차렸다면 아무도 그런 질문을 하지 않을 것이다. 으레 작가란 선천적인 직업이라 여기는 모양이다. 낭만적인 착각이다. 사업을 하려면 배워야 하듯 작가도 마찬가지다. (중략) 나는 언젠가 내가 소설가가 될 것을 알고 있었다. 50년이 걸렸을 뿐이다."('쉰다섯에 데뷔, 그의 문학은 지금이 청춘', 〈조선일보〉, 2018.5.18)

저자들은 실은
빌리는 게 일이다

~~~~~~

많은 작가들이 작가 지망생들에게 독서의 중요성을 강조한다. 《다빈치 코드》《오리진》등의 저자 댄 브라운. "내 쓰기는 언제나 읽기에서 시작한다. 우선 쓰려는 대상이나 주제에 관해 열심히 읽는다. 쓰려는 것에 관해 어떤 구체적 질문을 던질 수 있게 될 때까지 읽는다."('책장을 넘기는 게 즐거운 스릴러 쓰고 싶었다', 〈중앙일보〉, 2017.12.19)

소설《깡패단의 방문》으로 2011년 퓰리처상을 수상한 제니퍼 이건. "원하는 글을 쓰기 위해서는 독서라는 자양분이 필요하다. 쓰고 싶은 수준의 책을 읽어라. 즐겨 읽는 책과 동떨어진 글을 쓰기는 어려울 것이다."(《잘 쓰려고 하지 마라》)

하지만 독서를 많이 하라는 말은 우회적인 표현이다. 자칫 가리키는 달은 보지 않고 손가락만 볼 수도 있다. 아무리 책을 많이 읽어도 그냥 읽기만 해서는 책을 쓰기 어렵다. 글쓰기는 건축과 같다. 수많은 재료를 그러모아 전체를 만들어가는 작업이다. 아무리 건축 설계를 잘해도 재료가 없으면 건물을 지을 수 없다. 아무리 좋은 생각이 떠올라도 재료가 없으면 글을 만들 수가 없다. 독서를 많이 하라는 조언은 많이 읽고, 많이 메모하라는 말이다. 저자들은 예외 없다. 읽고 메모하고, 읽고 메모하고, 그렇게 모은 메모를 연결하여 책을 엮어낸다.

앉은 자리에서 온갖 상상력을 발휘하여 글을 쓸 것 같은 소설가들도 재료를 찾고, 메모하고, 그들을 연결하여 글로 만들어낸다. 무라카미 하루키가《회전목마의 데드 히트》에서 말했다. "내가 소설을 쓰려고 할 때, 나는 모든 현실적인 재료를 큰 냄비에 함께 집어넣고 원형을 인정할 수 없을 때까지 용해시킨 다음, 그걸 적당한 모양으로 쪼개서 사용한다. 소설이라는 건 어쨌든 그런 것이다."

미국 세인트루이스 워싱턴대학교 연구팀이 '독서와 기억력'과 관련된 실험을 했다. 학생들을 A, B그룹으로 나누어 똑같은 책을 읽게 했다. A그룹에는 책을 본 후 시험을 볼 거라고 했다. B그룹에는 책을 읽은 뒤 다른 학생들에게 설명해야 한다고 했다. 독서가 끝난 후 시험을 봤더니 B그룹의 성적이 더 우수했다. A그룹은 중요한 내용을 그대로 기억하려 했고, B그룹은 중요한 내용을 나름대로 분류하고 연결하고 재조합하는 등 설명하기 좋게 기억하려 했기 때문이다. 작가 지망생에게 독서의 중요성만 강조하면, 어쩌면 A그룹과 비슷한 결과가 나타날 수 있다.

16세기 예수회 인문학자 예레미아스 드렉셀은 "정상적인 기억력으로 그냥 읽기만 해서는 어떤 내용을 기억하기 어렵다"면서 "메모를 하지 않으면서 책을 읽는 것은 무의미하고 무익하고 무가치하다"고 말했다.《종교와 마술, 그리고 마술의 쇠퇴》(1971)의 저자인 역사학자 키스 토마스도 메모한 것만 기억할 수 있다며, 자신을 포함하여 모든 학자는 늘 메모를 하며, 심지어 아예 책을 찢어 노트에 스크랩하는 학자도 있다고 말했다.

나도 신문기사를 오리고, 책과 잡지를 찢어 스크랩한 적이 있다. 그때를 생각하면 요새는 참 편리하다. 지금은 책을 읽다가 메모할 내용이 많으면 '스캐너&번역 앱'으로 찍는다. 그러면 메모장에 그대로 저장된다. 나는 이 앱 평가에 별 다섯 개를 줬다.

보통 책을 쓰는 건 엄청나게 대단한 능력이고, 책 쓰기는 무조건 힘들고 괴로운 일이라고 단정한다. 하지만 다른 일도 그렇지만 글쓰기도 요령이다. 모든 저자가 죽을 만큼 고통스럽게 책을 쓰는 건 아니다. 꾸준하게 새로운 작품을 만들어내는 저자들은 나름의 요령을 터득했다.

움베르토 에코는 다른 책에서 이야기를 빌린다. "책이라고 하는 것은 끊임없이 다른 책을 빌리고, 이야기 역시 끊임없이 다른 이야기들을 빌린다."《《장미의 이름 작가노트》》

무라카미 하루키도 안팎에서 재료를 모으고 조립한다. "뇌 속 캐비닛에 보관해둔 온갖 정리 안 된 재료를 필요에 따라 소설 속에 그대로 조립해 넣으면, 거기에 나타난 스토리는 나 자신도 놀랄 만큼 내추럴하고 생생하게 살아난다."《《직업으로서의 소설가》》

《작가처럼 써라》의 저자 정제원은 다른 저자가 쓴 책을 읽으면서 밑줄을 긋고 메모한다. "우리는 모두 남들이 쓴 책에 밑줄을 긋고, 그 밑줄을 연장하는 글을 쓸 뿐이다."

소설가 이승우는 다른 책에서 자신이 쓸, 다음 책을 찾아낸다. "책 속에서 책이 나온다. 책을 읽다가 나는 아직 쓰이지 않은, 그러나 곧 쓰일 또 다른 책을 발견한다. 아직 쓰이지 않은, 곧 쓰일 그 책의 저자는, 내가 그 책의 불러일으킴에 제대로 반응한다면, 나다. 수없이 많은 작품이 실은 그렇게 태어난다."《소설을 살다》

유영만 교수가 좀더 풀어서 설명했다. "책 쓰기란 (기존의 책에서 빌린) 다양한 지식을 나의 문제의식과 목적의식에 맞게 뒤섞고 버무리고 용해시켜 색다른 지식으로 재창조하는 과정이다. (중략) 책을 읽고 다른 책을 또 읽으면서 읽은 책과 책 사이에 나의 생각이 흐를 때, 또 다른 책을 구상할 수 있다. 모든 책의 내용은 저자의 문제의식과 논리적 흐름에 따라 이전 책의 내용을 편집하면서 탄생된 메시지다."《브리꼴레르》

《도쿄대 교수가 제자들에게 주는 쓴소리》의 저자 이토 모토시게 교수는 그런 요령을 '메모의 메모'라고 표현했다.

"책을 읽으면서 메모합니다. 어느 정도 메모가 쌓이면 메모에 밑줄을 그으면서 다시 읽습니다. 어떤 생각이나 의문점이 있으면 메모의 여백에 적습니다. 메모의 메모인 셈이지요. 그렇게 작업을 계속하면 메모의 메모도 늘어납니다. 메모의 메모를 읽으면 다시 메모의 메모의 메모가 생깁니다. 그러다 보면, 한 권의 책을 쓸 준비가 끝납니다."

소설《파수꾼》《여인의 초상》등의 저자 헨리 제임스1843-1916는 "작가는 보고 마주친 것을 아무것도 잃어버리지 않는 사람들"이라고 했다. 기억력이 아닌 메모를 말하는 거다. 군인들이 실탄을 충분하게 챙기듯이 저자들은 충분한 글감을 모으기 위해 쉬지 않고 메모한다. 그렇게 모은 메모를 연결하는 게 대다수 저자들의 책 쓰기 요령이다. 누구나 한 가지 요령만 알면, 작가는 몰라도 저자는 될 수 있다. 메모를 시작한다. 책 쓰기의 시작이다. 메모를 연결한다. 책 쓰기의 마무리 작업이다.

수필과 소설 등 55권 이상의 책을 쓴 자크 아탈리는《21세기 사전》(1999)에서 미래사회를 '레고문명Civil Lego'에 비유했다. 철학, 이데올로기, 정치체제, 문화, 종교, 예술 등 다양한 문명과 문화를 자유롭게 해체하고 재구성하며 살게 된다고 했다. 조립해 놓았던 블록을 해체하고 다시 조립하여 다양한 작품을 만드는 '레고'처럼. 이미 많은 저자가 기존의 수많은 작품에서 블록(메모)을 해체하고 다시 조립하고 있다.

관심과
질문

～～～～～

2005년 6월, KBS 다큐멘터리 촬영팀이 런던 시내에서 촬영을 하다가 점심시간을 훌쩍 넘겼다. 식당을 찾다가, 그 시간에도 사람들이 북적대는 한 식당을 발견했다. 가까이 가보니, 누들바(noodle bar, 국수가게)였다. 음식을 기다리던 이욱정 피디가 점원에게 물었다.

"런던 사람들이 누들을 즐겨 먹는 편인가요?"

손님들로 꽉 찬 누들바에서 그런 질문을 해놓고는 자신도 멋쩍게 웃었다. 다행히 점원이 웃으면서 대답해줬다.

"네, 우리 식당에서 가장 인기 있는 메뉴예요."

물가가 비싸기로 소문난 런던에서도 가장 비싼 거리에 있는 국수가게. 국수는 아시아의 대표적인 서민 음식인데 영국인들의 입맛은 까다롭기로 소문나지 않았나. 꼭 다큐 피디가 아니더라도 그런 궁금증이 발동할 법하지만 대부분 스쳐 지나가는 호기심에서 끝난다. 이욱정 피디는 수첩에 메모했다. 호기심을 관심으로 붙들었다.

> 호기심: 새롭고 신기한 것을 좋아하거나 모르는 것을 알고 싶어 하는 마음
> 관심: 어떤 것에 주의를 기울이는 마음

이처럼 국어사전의 정의가 그다지 큰 차이가 없어서 그런지 호기심과 관심을 혼용하는 사람이 많다. 메모와 기록을 동의어로 혼용하듯이 말이다. 과학자들은 둘을 구분한다.

"나는 특별한 재능은 없지만 열렬한 호기심은 많다. 하지만 지식보다 더 중요한 건 관심이다."(알베르트 아인슈타인)

"연구는 무언가를 알고 싶어하는 호기심이나 의문이 없으면 안 된다. 일단 호기심에서 시작하지만 스스로 알고 싶다, 이해하고 싶다는 관심과 강렬한 의지를 품지 않고는 아무것도 이룰 수 없다."(2018년 노벨 생리의학상을 수상한 혼조 다스쿠 교수)

호기심은 감각적이고 일시적이다. 관심은 이성적이고 지속적이다. 둘을 구분하지 못하면 학자나 저자가 되기는 어려울지도

모른다. 혼조 다스쿠 교수 말대로 일시적인 호기심만으로는 아무것도 이룰 수 없을 테니까.

대다수 일반인들은 대체로 관심이 부족하다고 한다. 이런 말을 들으면 발끈할 사람이 많을 것 같다. 헛소리하지 말라면서 자신들이 얼마나 많은 것에 관심을 갖고 있는지 설명하려 들 것이다. 호기심과 관심을 분간하지 못해서 그런다. '제한된 상황에서의 의사결정모델 이론'으로 1978년 노벨 경제학상을 수상한 경제학자 허버트 알렉산더 사이먼이 똑 부러지게 설명했다.

"너무 많은 정보와 관심거리 때문에 오히려 몰입하지 못한다. 인터넷이든 SNS든 마치 메뚜기처럼 이 정보에서 저 정보로 폴짝폴짝 건너뛰어 다니기만 한다. 그건 관심이라고 할 수 없다."

이리저리 건너뛰며 빠르게 훑고 지나간다. 디지털 읽기의 특징이다. 왼쪽에서 오른쪽으로, 위에서 아래로 차근차근 내려오는 책 읽기와는 사뭇 다르다. 아예 책 읽기를 포기하고 대부분의 읽는 행위를 웹에서만 하는 사람도 적지 않다. 그들은 웹의 기사도 다 읽지 않는다. 제목과 첫 문장 아래로는 대충 훑어보고 곧바로 다른 기사로 넘어간다. 그러면서 자신들이 다양한 분야에 관심을 갖고 있다고 생각한다. 이 기사에서 저 기사로 폴짝폴짝 건

너뛰는 것도 관심이라고 우기면 할 말이 없다. 하지만 실은 호기심에서 호기심으로 건너다닐 뿐이다.

우리가 매일매일 접하는 인터넷, TV, 신문, 잡지, 책, 영화 등에 담긴 데이터와 정보의 양은 엄청나다. 하지만 관심이 없으면 코앞에 있어도 못 본다. 누가 아무리 열심히 설명해줘도 귀에 들어오지 않는다. 심리학에서 말하는 '부주의 맹시inattentional blindness 현상'이다. 캐빈 애슈턴이 《창조의 탄생》에서 자세하게 설명했다.

"자신과는 상관없는 다른 사람의 문제라고 생각하기 때문에 우리가 볼 수 없거나, 보지 않거나 혹은 우리가 보도록 뇌가 허용하지 않는 대상이 있다. 우리 뇌가 그 대상을 그냥 삭제해 버린다. 이는 마치 사각지대와 같다. 그 대상을 똑바로 보고 있어도 그 대상이 정확히 무엇인지 알 때까지 그것을 보려 하지 않는다. 이 현상은 자신이 보고 싶지 않은 대상, 보기를 기대하고 있지 않은 대상, 혹은 설명할 수 없는 대상을 보려고 하지 않는 인간의 타고난 성향이다."

간단하게 말해, 관심이 없어서 그런다. 관심이 없는 건 보지도 듣지도 않는다. 반면 남들이 잘 보지 못하거나 보고도 아무 생각 없이 그냥 지나치는 대상이나 현상에서 특이점을 찾아내는 사람들이 있다. 어떤 재능이나 능력 이전에 관심이 있기 때문이다. 관심이 있으면, 누가 시키지 않아도 보고 듣는다.

우리는 늘 사물을 본다고 생각한다. 하지만 실은 보이는 거다. 보는 것과 보이는 것은 다르다. 그냥 눈을 뜨고 있는 상태에서 마주치는 것들은 단순히 보일 뿐이다. 본다는 것은 관심을 갖고 살펴보는 것이다. 그냥 보는 것과 관찰하는 것도 다르다. 관찰은 보고, 메모하는 것이다. 맨손으로 관찰하는 사람은 없다. 보고 메모하고, 보고 메모하고, 그렇게 모은 메모를 연결하고 조합하면 그제야 비로소 그 전후 사정이나 좌우 연관관계를 제대로 파악할 수가 있다. 학자나 저자, 각 분야의 전문가 소리를 듣는 사람들이 거의 대부분 메모광인 이유다.

《메가 트렌드》에 이어 《메가 트렌드 차이나》를 낸 존 나이스비트를 누군가가 '중국 전문가'라고 소개하자, 존 나이스비트가 "아닙니다. 난 중국에 관심을 갖고 관찰하는 사람일 뿐입니다"라고 말했다. 관심, 관찰 그리고 메모를 하는 사람이 전문가가 된다. 하지만 관심이 있다고 그와 관련된 모든 것을 다 관찰할 수는 없다. 그러다가는 끝도 없이 관찰만 할 터이다. 시간과 공간 등 우리 능력이 미치는 한계만큼 관찰의 범위와 깊이를 현명하게 조정하지 않을 수 없다. 가령 관찰의 범위를 넓히면 깊이를 양보해야 하고, 깊이를 고집하면 범위를 좁힐 수밖에. 그런 조정 역할을 하는 게 질문이다. 질문을 던지면, 스스로 관심과 관찰의 폭과 깊이를 조정할 수 있다.

아서 코난 도일1859-1930의 소설 《셜록 홈스Sherlock Holmes》에서 홈스가 사건을 해결한 후 친구이자 파트너인 의사 왓슨에게 늘 하는 말이 있다.

"자네는 그저 보기만 할 뿐 관찰을 하지 않아. 보는 것과 관찰하는 것은 완전히 달라. 나는 어떤 질문을 던지고 사건 현장에 간다네. 그러면 관찰할 수 있게 되지."

이욱정 피디도 관찰의 폭과 깊이를 조정했다. 막연하고 광범위한 '국수'를 구체적인 질문으로 좁혔다.

- 지구상에 국수가 처음 등장한 때는 언제일까?
- 어디에서, 누가 처음 국수를 만들었을까?
- 왜 이렇게 가늘고 긴 모양으로 만들 생각을 했을까?
- 어떤 여정으로 세계로 퍼져 나갔을까?

움베르토 에코는 《장미의 이름 작가노트》에서 "작가는 처음에는 지극히 모호한 것, 어떤 추진제에 지나지 않는 것, 강박적인 어떤 관념 같은 것, 혹은 막연한 열망이나 모호한 기억 같은 것으로 자기 작업을 시작한다. 그다음, 자기가 하고 있는 작업의 자료를 상대로 수많은 질문과 대답을 교환하게 된다"고 말했다.

질문하기는 모든 분야에서 통한다. 아이작 뉴턴이 어느 날 우연히 나무에서 떨어지는 사과를 봤다. "어! 모든 물체는 서로 잡아당기는 인력이 있다는데 사과는 왜 떨어질까? 사과는 인력이 없는 건가?" 이 질문에서 시작된 게 '만유인력의 법칙'이다. 사과도 인력이 있다. 하지만 지구의 인력보다 그 힘이 약하기 때문에 지구 쪽으로 떨어진다는 사실을 입증했다.

독일 출신의 세계적인 여성 안무가 피나 바우쉬1940-2009는 무용수들에게 질문하는 것에서 새로운 작품을 만드는 작업을 시작했다.

"그녀는 연습 공간 한구석에 늘어앉은 무용수들의 맞은편 작업대에 앉아서 질문을 한다. 처음에는 피나 바우쉬도 자신이 무엇을 찾고 있는지, 어떤 작품을 원하는지 정확히 모르지만 질문을 해대고 그 질문들에 무용수들이 대답을 하면서 그녀가 찾고 있는 것에 한 걸음씩 접근해 들어간다. 그렇게 무엇인가가 만들어지고 무용수들과 함께 그 작품이 무대 위로 올라간다."(요헨 슈미트,《피나 바우쉬》)

질문은 처음부터 많이 생각해내지 않아도 된다. 가장 단순한 몇 개의 질문에서 출발한다. 한꺼번에 너무 많은 질문을 생각하면, 질문들이 포개지고 뒤섞이고 꼬이면서 또 불안감이 몰려온다. 몇 개의 단순한 질문으로 메모를 시작하면, 자연스럽게 질문이 늘어난다. "절대 권력은 절대 부패한다"는 절대 명언을 남긴 영국의 정치가이자 역사가 에드워드 달버그1900-1977가 말했듯이 "한 가지를 인식하면 곧 다른 인식이 뒤를 따른다."

질문이 늘어나고 메모가 늘어나고 다시 질문이 생각나면서 작품의 윤곽이 구체화된다. 이욱정 피디도 질문하고 메모하고, 질문하고 메모했다. 그렇게 모은 메모를 연결한 게 2008년 말 인기리에 방영된 KBS 6부작 다큐멘터리 〈인사이트 아시아 – 누들로드〉이다. 2009년 한국방송대상을 수상하고, 20여 개국에서 방영됐다.

"국수에 대한 지식이 전무했던 나는 내 스스로에게 수많은 질문을 던졌지만 어느 것 하나에도 속 시원하게 대답할 수 없었다."

이욱정 피디는 메모를 엮어《누들로드 : 3천 년을 살아남은 기묘한 음식, 국수의 길을 따라가다》도 냈다. 말 그대로 도랑도 치고 가재도 잡았다.

"그러던 중 구글을 검색하다가 눈이 번쩍 뜨이는 기사를 발견했다. 영국 BBC 뉴스 기사였는데, 중국 청하이성 황허유역의 라자유적에서 '인류 최초의 국수'가 발굴되었다는 내용이었다. 기사에 따르면 발굴 지역은 폼페이처럼 갑작스러운 재앙으로 인해 4000년이라는 시간을 간직한 채 매몰되어 있었다고 했다." 역시 해답은 메모였다. "나는 이 기사를 보는 순간 기쁨을 주체할 수가 없었다. 국수를 향한 대탐험의 출발점을 어디로 정할 것인가를 해결하는 결정적인 열쇠가 되었기 때문이다."

멋진 질문이
멋진 답을 만든다

～～～

"기자를 '질문하는 직업'이라고 한다. 몰라서 묻고, 이게 맞냐고 묻고, 누구한테 물어봐야 하냐고 묻는다. 기자가 이런 것까지 물을까? 할 정도로 사소한 것까지 질문한다."('김승현의 시시각각 – 기자와 검사는 만나야 한다', 〈중앙일보〉, 2019.11.25)

기자뿐만 아니다. 학자나 저자도 마찬가지다. 글이든 책이든 어떤 작품이든 간에 무언가 새로운 것을 만들어내려면 질문해야 한다. 자신에게든 다른 사람에게든 자료에게든.

시카고에 사는 존 말루프는 2007년 겨울, 집 건너편에 있는 창고경매장에 갔다가 현상이 안 된 필름이 잔뜩 들어 있는 상자를 보았다. 역사책을 쓰고 있어서 옛 시카고 사진이 필요했다. 매물로 나온 상자 중에 필름이 가장 많이 들어 있는 상자를 380달러에 샀다. 주최 측에서 사진을 찍은 사람이 비비안 마이어Vivian Maier라고 했다. 구글에 이름을 검색해 보았지만 아무것도 나타나지 않았다. 필름을 대충 보니 사진은 좋은 것 같은데 책에 쓸 게 없어 한동안 창고에 처박아 두었다. 그 필름들을 어쩌나 하다가 스캔이 생각났다. 사진을 스캔해서 블로그에 올렸는데, 그 포스트가 난리가 났다. 환상적이다, 대단하다는 등 인기가 폭발적이었다. 비비안 마이어가 어떤 사람인지 궁금해졌다. 다시 검색해봤더니 며칠 전에 올라온 부고가 있었다.

"평온히 잠들다Died peacefully, 비비안 마이어1926-2009"

상자에 있는 주소를 찾아갔더니, 그 집에서 일하던 유모였다고 했다. 유모? 유모가 왜 이런 사진들을 찍었을까? 주변 사람들이 말하는 그녀는 정말 특이했다. 가족도, 연인도, 자녀도 없이 평생 외톨이였다. 집주인은 그녀가 남기고 간 유물이 창고에 엄청나게 많은데 필요하면 그냥 다 가져가라고 했다. 그녀가 남긴 유품상자를 뜯어보니 사진만 대략 15만 장이나 됐다.

- 어떤 사연이 있어서 이렇게 강박적으로 많은 사진을 찍었을까?
- 알려지기만 했다면 유명작가가 됐을 텐데, 왜 다른 사람에게는 보여주지 않았을까?

이런 질문을 던진 존 말루프와 친구 찰리 시스켈이 만든 다큐 영화 〈비비안 마이어를 찾아서Finding Vivian Maier〉는 2015년 87회 아카데미상 장편 다큐멘터리 부문 후보에 올랐다(수상에는 실패했다). 존 말루프는 그녀의 사진을 엮어 사진집 《비비안 마이어: 나는 카메라다》를 출간했다.

수학계의 노벨상으로 불리는 '필즈상Fields Medal'은 4년마다 수상자를 발표한다. 2006년 수상자는 100년 동안 풀지 못하던 '푸앵카레 추측'(프랑스 수학자 앙리 푸앵카레1854-1912가 제기한 '우주의 모양은 당구공과 비슷할 것이다'라는 추측)을 완벽하게 입증한 러시아 수학자 그리고리 페렐만으로 결정됐다. 그런데 수상식에서 누구도 예상하지 못한 일이 일어났다. 페렐만이 필즈상 수상을 거부한 것이다. 페렐만은 미국 클레이수학연구소가 '푸앵카레 추측' 등 밀레니엄 7대 난제를 푸는 수학자에게 각각 주기로 한 100만 달러 상금까지 포기했다. 페렐만은 아예 수학계와도 등졌다. 러시아 언론인 마샤 게센이 모두가 궁금해하는 질문을 던지고 메모를 시작했다.

- 왜 페렐만이 푸앵카레 추측을 해결할 수 있었을까?
- 그에게 어떤 특징이 있기에 이제껏 푸앵카레 추측에 도

전한 모든 수학자들 가운데 유독 그만 성공한 것일까?

- 그는 왜 필즈상과 클레이수학연구소에서 내건 100만 달러의 상금마저 거절하고 수학계를 등졌을까?

마샤 게센은 세상과 거의 인연을 끊다시피 한 페렐만 대신 그의 주변 인물들과 그동안 푸앵카레 추측과 씨름한 수많은 수학계 인사들을 만나 질문하고 메모했다. 그렇게 모은 메모를 연결하여 《세상이 가둔 천재 페렐만Perfect Rigor》(2009)을 완성했다. 마샤 게센이 말했다.

"내가 한 일은 다만 실제로 있었던 일들을 연결한 것뿐이다."

연결하기 전에, 질문을 던지고 메모를 시작했다는 사실을 기억하자.

크리스토퍼 맥두걸은 잡지사에 스포츠 부문 칼럼을 기고하는 칼럼니스트다. 2003년 겨울, 멕시코행 비행기 안에서 여행잡지를 뒤적였다. 돌투성이 비탈길을 달려 내려가고 있는 예수님 같은 복장의 남자 사진이 눈에 들어왔다. 남아메리카 원주민 타라우마라 부족이었다. 기사를 읽으면서 맥두걸의 관심이 쏠렸다. 이들이 수백 킬로미터를 쉬지 않고 달린다고? 50, 60대가 10, 20대보다 더 빨리, 더 오래 달리고? 심지어 70, 80대도 달리는 게 일상이라고?

맥두걸도 달리기를 좋아하지만 걸핏하면 부상을 입었다. 2001년 1월에도 5킬로미터를 가볍게 달리는 중 오른발에 갑작스러운 통증을 느꼈다. 의사는 달리기가 뼈, 연골, 근육, 힘줄, 인대를 망가뜨린다며 가급적 달리지 말라고 했다. 그런데 타라우마라족은 쿠션이 전혀 없는 고무샌들 같은 신을 신고 험한 산길을 달리지만 부상 같은 건 평생 모른다니?

– 우리는 비싼 쿠션 러닝화를 신고도 부상을 달고 사는데,
타라우마라족은 도대체 우리와 뭐가 다른 걸까?

맥두걸은 타라우마라족을 취재하여 그들의 생활상과 문화를 메모했다. 한편으로 진화생물학, 진화인류학, 생리학, 스포츠의학 부문의 자료를 뒤져 메모했다. 그렇게 수집한 메모를 연결하여 《본 투 런Born to Run》(2009)을 완성했다. 세계 최대 인터넷서점 아마존은 《본 투 런》을 '우리가 살아 있는 동안 꼭 읽어야 할 책 100권'에 포함시켰다.

"우리는 원래 오래 달릴 수 있게끔 태어났다. 하지만 달리기에 대한 잘못된 인식과 습관이 그런 능력을 상실하게 만든다"는 《본 투 런》이 국내에도 소개됐다. 나는 이 책을 읽은 뒤, 무릎을

살짝 구부리고 발바닥 전체로 땅을 꾹꾹 누르듯이 달리는 타라우마라족의 '플랫주법'을 따라했다. 그 덕에 장거리 달리기가 한결 편안해졌다. 이 주법으로 70킬로미터 울트라마라톤도 소화했다. 알고 보니, 그동안 우리가 익힌 (발뒤꿈치부터 땅에 닿는) '뒤꿈치 주법'은 단거리 주법이었다(지금은 단거리도 발의 앞부분부터 내딛는 추세다). 무릎을 쫙 펴고 보폭을 넓게 내딛는 이 주법은 속도가 붙고 폼은 그럴듯해 보이지만 빨리 지치고 무릎에 무리가 많이 간다. 맥두걸이 수많은 메모를 그러모아 연결한 덕에 맥두걸도 다시 달리고, 나도 아직 달린다.

소크라테스BC 469-BC 399가 말했듯이 "질문은 인간의 탁월함을 가장 훌륭하게 드러내는 방식이다." 학자나 저자들이 논문이나 책을 쓰는 것도 처음부터 많이 알아서가 아니다. 스스로 모르는 것을 찾고, 해답을 발견해가는 과정이다. 모르니까 질문하고 메모하고, 질문하고 메모하고, 그렇게 모은 메모를 연결하며 알아간다.

2차 세계대전은 보통 독일이 폴란드를 공격한 1939년 9월 1일 시작되어 일본이 항복문서에 사인한 1945년 9월 2일 끝난 걸로 본다. 미 전시정보국은 1944년 6월에 문화인류학자 루스 베네딕트1887-1948에게 일본과 일본인의 가치관과 행동 배경을 조사해

달라고 주문했다. 일본 본토 상륙을 앞두고, 최후의 한 사람까지 싸우겠다는 일본군의 결의를 약화시킬 경제적인 전략을 찾기 위해서였다.

문화인류학자들은 보통 현지조사로 연구를 시작한다. 하지만 베네딕트는 일본을 방문한 적도 없고, 방문할 수도 없었다. 그녀는 미국에 살고 있는 일본인들을 만나 묻고, 메모했다. 일본 관련 서적과 영화를 보며 메모했다.

- 도대체 일본은, 일본인들은 어떤 나라, 어떤 사람들인가?

1945년 8월 초, '일본인의 행동 패턴'이라는 제목의 보고서를 완성한 베네딕트는 이듬해 11월, 아직도 개정판이 나오는《국화와 칼The Chrysanthemum and the Sword》을 출간했다.

자유기고가로 활동하는 메이슨 커리는 흔히 말하는 '아침형 인간'이었다. 오전에는 꽤 집중하지만 오후에는 형편없이 산만해지는 자신이 영 못마땅했다. 그래서 궁금했다. 다른 작가들은 어떻게 일하지? 책과 인터넷을 뒤지니까 꽤 재미있는 자료가 많았다. 그때부터 본격적으로 작가, 작곡가, 화가, 안무가, 극작가, 시인, 철학자, 조각가, 영화감독, 과학자 등 소위 전문가들의 작업 습관과 일화를 메모했다. 그렇게 모은 메모를 연결하여 《리추얼Daily Rituals》(2014)을 묶어냈다.

사람들은 거의 모든 프로 스포츠가 더는 운동 경기가 아니라 자본 경기가 돼버렸다고 말한다. 돈으로 우수한 선수를 더 많이 확보하는 부자 구단이 가난한 구단보다 더 좋은 성적을 내는 게 거의 공식처럼 돼버렸기 때문이다. 그런데 2000년과 2001년 연속으로 포스트 시즌Post season(정식 시즌이 끝난 뒤 리그 상위 팀들이 최종 승자를 가리는 대회)에 진출한 오클랜드 애슬레틱스는 당시 메이저리그 30개 구단 중 총 연봉이 거의 꼴찌였다. 2002년에는 140년 메이저리그 역사상 전무후무한 20연승의 대기록을 달성했다.

- 메이저리그에서 가장 가난한 팀인 오클랜드 애슬레틱스가 어떻게 이토록 좋은 성적을 낼 수 있었을까?

2003년 출간된 《머니볼Money Ball》은 영화로도 만들어졌다. 마이클 루이스는 《머니볼》에 이어 역시 질문을 던지고 메모하고, 메모를 연결하는 방법으로 《부메랑Boomerang》《빅숏The Big Short》 등의 베스트셀러를 만들어냈다.

1993년 흑인 여성작가로는 최초로 노벨문학상을 수상한,《가장 푸른 눈》《솔로몬의 노래》《빌러비드》《재즈》 등의 저자 토니 모리슨1931-2019이 책 쓰기의 시작을 군더더기 없이 정리했다.

"책 쓰기의 아이디어는 늘 자신이 답을 모르는 질문에서 시작된다."

그렇다면 책 읽기의 시작은 뭘까?

《열린사회와 그 적들》의 저자 칼 포퍼가 일러준다.

"어떤 작품을 읽기 위해 독자가 해야 할 첫 번째 과제는 저자가 과연 어떤 질문에 답하려 하는 건지를 판단하는 것이다."

《튤립과 굴뚝》(1923) 등 20여 권의 시집을 낸 에드워드 에스틀린 커밍스1894-1962는 소설가, 화가, 극작가로도 활동했다. 그가 말했다.

"멋진 질문을 하는 사람에겐 항상 멋진 답이 돌아간다."

메모 바구니를
만든다

~~~~~~~~

　무언가에 관심이 생기면 관련 자료와 메모를 담을 바구니를 만든다. 바구니는 아날로그 종이박스든 클라우드 저장소 같은 디지털 바구니든 상관없다. 일단 바구니를 만들면 자연스럽게 안테나가 작동한다. 이리저리 두리번거리고 귀를 쫑긋 세우게 된다. 누구와 이야기하다가도 메모하고, 음악을 듣거나 영화를 보다가도 메모한다.

　《나는 이런 책을 읽어 왔다》《지식의 단련법》《뇌를 단련하다》《우주로부터의 귀환》《천황과 도쿄대》《도쿄대생은 바보가 되었는가》《사색기행》《임사체험》《다치바나 다카시의 서재》《청춘표류》《지(知)의 정원》《21세기 지의 도전》 등 우리에게도 익숙한 저자인 다치바나 다카시는 《나는 이런 책을 읽어 왔다》에서 이렇게 말했다.

"몇 가지 테마를 정해 놓고, 꽤 오래전부터 자료를 모은다. 언젠가는 해야겠다는 마음으로 생각날 때마다 조금씩 자료를 모으고 있는 테마도 늘 대여섯 개 정도 있다."

하나의 테마가 각각의 바구니인 셈이다.

《CEO의 정보감각엔 뭔가 비밀이 있다》《자녀 교육 머니플랜 방법의 달인》《7개의 관찰력을 가져라!》《루트 16의 법칙》《포스트잇 지적 혁명》《전자상거래로 뻗어나가기》《여성성의 경제학》《미국의 대형 마트가 일본을 덮친다》《CEO의 다이어리엔 뭔가 비밀이 있다》《퇴근 후 3시간》《순서가 한눈에 보이는 정리의 기술》《아이디어가 풍부해지는 발상기술》 등 다치바나 다카시 못지않게 다작으로 유명한 니시무라 아키라는 《CEO의 정보감각엔 뭔가 비밀이 있다》에서 더 구체적으로 말했다.

"만약 책 한 권의 집필을 모두 끝낸 후 다음에는 어떤 책을 낼까 하는 식으로는 기껏 일 년에 두세 권밖에 내지 못한다. 나는 처음부터 여러 권의 책을 낸다는 전제 아래 미리 여러 개의 큰 상자를 준비한다. 다섯 권의 책을 준비할 때는 다섯 개의 상자를 준비하고 자료가 가장 많이 모인 상자부터 집필한다."

《통찰, 평범에서 비범으로》《인튜이션》《이기는 결정의 제1원칙》의 저자 게리 클라인은 책상 위 공간을 바구니처럼 사용했다. 그는 《통찰, 평범에서 비범으로》를 써낸 배경을 이렇게 밝혔다.

"이 책은 누군가 비범한 발견을 어떻게 했는지에 대한 기사를 읽고 그걸 오려 책상 위에 올려놓는 데서부터 시작됐다. 그 후 통찰, 비범 같은 단어가 포함된 기사나 자료를 발견하면 그 기사더미 위에 추가하곤 했다. 그 더미는 때때로 관심사가 더 높은 다른 더미가 차지하는 공간이 확장되면서 거의 매몰되기 일보 직전까지 갔다가 기사회생하곤 했다. 내 관심사에서 완전히 사라질 때쯤 되면 우연히 또 비범, 통찰 같은 단어가 포함된 기사나 자료를 발견하고 그걸 놓아둘 공간을 찾다가 그 더미를 다시 발견하곤 했다."《통찰, 평범에서 비범으로》)

《철학의 사생활》《감정수업》《철학자의 뇌를 훔쳐라》《바닥난 뇌력을 끌어올리는 생각의 기술》 등의 저자인 일본 대중 철학자 오가와 히토시는 말한다.

"나는 신문이나 잡지에서 어떤 기사를 읽고 그것이 필요하다고 생각되면 잘라서 상자에 넣어 둔다. 회의 자료도 같은 상자에 담는다. 인터넷 기사도 마찬가지다. 중요한 것은 자기가 확실히 아는 장소에 남겨 두는 것이다. 필요하면 언제라도 찾을 수 있게

말이다."《바닥난 뇌력을 끌어올리는 생각의 기술》)

　김정운 박사는 에버노트를 바구니로 사용한다.

　"나는 메모앱 중 에버노트를 이용한다. 에버노트의 각 노트북이 대분류가 되고, 각 노트북 안 하위 노트북들이 소분류가 된다. 각 노트북의 하위 노트북이 3단계, 4단계까지 나누어지는 복잡한 것도 있고, 한 단계에서 끝나는 간단한 것도 있다."《에디톨로지》)

　나도 이전에는 바구니가 최소한 두서너 개는 있었다. 바구니마다 이름을 달았다. '마지막 달동네'라고 이름 붙인 바구니는 이렇게 만들어졌다.

　2015년 가을. 불암산, 수락산, 도봉산 둘레길을 달리는 산악마라톤에 참가했다. 출발 집결지가 중계본동과 창동역 사이를 오가는 1142번 버스 종점에서 가까운 약수터였다. 버스에서 내려 산길을 올라가면서 '아! 이런 산동네가 있네'라고 생각할 정도로 형편없이 가난한 마을을 목격했다. 중계동 '백사마을'이었다. 나도 어린 시절 꽤 가난했지만 이 정도까지는 아니었다. 그때는 집결 시간 때문에 서둘러 지나쳤지만, 뭔가 강한 기억이 콕 박히더니 해가 바뀌어도 지워지지 않았다. 다시 그곳을 찾아갔다. 출입금지, 붕괴 위험을 알리는 스티커와 테이프가 쳐지고, 사람이 살지 않는 빈집이 많았다. 마을을 돌아보고 내려오면서 그간의 사정과 과정이 궁금해졌다.

"이런 달동네는 언제, 어떻게 형성되었고, 왜 이런 지경에까지 이르렀을까?"

하지만 이 바구니는 끝내 미완성 작품으로 남을 것 같다. 다른 작업에 우선순위를 양보하고, 우물쭈물하는 사이에 백사마을 재개발사업이 시작됐다.

지금은 메모 바구니에 이름이 없다. 디지털 메모장을 통째로 하나의 바구니로 사용하기 때문이다. 더 이상 바구니를 여러 개 만들지 않아도 된다. 그냥 통째로 사용하다가 필요한 메모가 있으면 '단어'로 검색하면, 그 단어가 포함된 메모 바구니가 뚝딱 만들어진다. 나중에 한 번 더 얘기하겠지만, 저자들에게는 너무나 편리한 디지털 세계다.

메모 바구니가 여러 개 있으면 메모할 때마다 이건 어느 바구니 혹은 어느 폴더에 들어갈지 생각해야 한다. 그렇게 메모를 분류하려 들면 그 일 자체가 일이 된다. 게다가 뒤늦게 깨달았다. 이 메모는 이 책에만 필요하고 저 메모는 저 책에만 필요하라는 법은 없다. 이 세상의 모든 사물은 어떤 식으로든 서로 연결된다. 메모도 어떤 식으로든 서로 연결된다. 같은 메모라도 앞뒤로 다른 메모가 연결되면서 전혀 다른 내용이 된다. 바구니를 여러 개 만들면 당장 사용하지 않는 바구니 속 메모는 기억에서 사라지고, 다른 메모와 연결될 기회를 상실한다.

칸영화제 황금종려상과 아카데미 작품상, 감독상, 각본상, 국제영화상을 수상한 영화 〈기생충〉을 만든 봉준호 감독에게 기자가 물었다. "도대체 그런 창의성이 다 어디서 나옵니까?" 봉준호 감독이 대답했다. "여러분도 하루 수백 번씩 찬스가 있을 거예요. 자극과 영감은 도처에 널려 있어요. 어떻게 캐치(메모)하느냐의 문제죠. 일상에서 주운 이미지(메모) 조각들을 주머니에 넣고는 계속 만지작거리다가 이때다 싶을 때 꺼내 연결시키는 거죠."

〈고갈〉〈방독피〉〈자본당 선언〉〈자살 변주〉 같은 실험적인 독립영화로 베니스영화제, 베를린영화제, 모스크바영화제, 부산영화제, 로테르담영화제 등에 초청받은 김곡 감독은 과감한 연출로 소문났다. 《투명기계》《영화란 무엇인가에 관한 15가지 질문》도 출간한 김곡 감독이 메모의 속성을 정확하게 표현했다. "오케이OK 입니까, 엔지NG 입니까. 한 테이크 끝나자마자 스크

립터가 또 물어본다. 하지만 나도 잘 모른다. 솔직히 감독 머릿속에 오케이 컷이 이데아처럼 미리 아로새겨져 있어 어떤 테이크만 봐도 한눈에 탁 알아볼 수 있다는 건 뻥이다. (중략) 하나의 컷(메모)은 언제나 다른 컷(메모)들과의 관계 속에서만 존재한다. 편집을 하다 보면 오케이 컷이 엔지 컷이 되고, 반대로 엔지 컷이 오케이 컷이 되는 경우는 허다하다."(김곡, 'OK 컷이란 없다', 〈중앙일보〉, 2019.12.29)

생활형 메모와
생산형 메모

~~~~~~~

　바구니는 각자 편리한 것을 선택하여 각자 편리하게 분류하면 되지만, 바구니에 담을 메모는 두 종류뿐이다. 바버라 베이그는 《하버드 글쓰기 강의》에서 '내부 모으기'와 '외부 모으기'라고 표현했다.

　"내부 모으기란 자기 마음속에 있는 재료를 모으는 것이다. 여러분의 경험과 생각, 꿈 등 자기 머릿속에 저장된 것을 떠올린다고 보면 된다. 외부 모으기는 자기 주변에서 불러 모으는 것이다. 읽기로 마음먹은 책이나 관심 있는 것에 대한 조사, 우연히 듣게 된 대화 같은 것에서 찾을 수 있을 것이다."

　신정철 작가는 《메모 습관의 힘》에서 생각 메모, 정보 메모라고 했다. 바버라 베이그가 말한 내부 모으기, 외부 모으기와 같은 말이다.

"메모를 정보를 수집하는 용도로만 사용하는 사람들이 있다. 그런 사람들은 자기만의 지식을 만들어내기 어렵다. 외부로부터 들어오는 데이터와 정보를 있는 그대로 이용하기 때문이다. 자기만의 지식을 만들고 더 나아가 지혜로 발전시키려면 자신만의 생각을 꾸준히 모아야 한다. 정보를 수집하는 메모보다 중요한 것이 생각을 수집하는 메모다."

이처럼 내부 모으기와 외부 모으기 혹은 생각 메모와 정보 메모는 개념만 이해하고, 억지로 구분하지 않아도 될 것 같다. 하나하나 구분하려고 들면, 생각의 흐름이 끊기며 뒤따라 나오는 메모가 방해받을 수 있고, 어차피 외부 메모와 내부 메모는 자극과 반응으로 붙어 다닌다.

우리 뇌에는 대략 1000억 개의 뉴런Neuron(신경세포)과 그들을 연결시켜 주는 100조 개의 시냅스Synapse(신경접합부)가 있다고 한다. 하나의 뉴런이 하나의 메모인 셈이다. 외부에서 어떤 자극이 들어오면 그와 관련된 뉴런이 반응한다. 이 메커니즘이 '생각'이다. 이런 메커니즘을 과학자들은 발효 현상으로 설명한다. 즉 머릿속이 술통인 셈이다. 머릿속에 든 기억이나 정보는 원료다. 외부에서 들어오는 어떤 자극이 효모다. 술통의 원료는 반드시 효모를 만나야 발효가 시작된다. 생각한다는 건 '안팎의 자료가 뒤섞이는 현상'이라는 말이다.

나는, 다치바나 다카시가 《지식단련법》에서 말한 '생활형 메모와 생산형 메모'를 빌려 사용한다. 생활형 메모는 우리가 익히 아는 단발성의 메모를 말하고, 생산형 메모는 학자나 저자들이 어떤 작품을 생산하기 위해 계획적으로 수집하는 메모를 말한다. 다치바나는 자신은 주로 생산형 메모를 한다고 했는데, 다른 학자나 저자들도 생산형 메모를 모으는 데서부터 작업을 시작한다.

심리학자 게리 클라인이 《통찰, 평범에서 비범으로》에서 말했다.

"이 작업을 시작했을 때 나는 먼저 통찰에 대해 발표된 최근의 과학연구 논문 80편 이상과 15권 정도의 서적을 수집했다. 나는 모든 연구는 문헌을 검토하는 것에서부터 시작해야 한다고 훈련받았다."

한국 노동자의 현실과 노동운동을 다룬 인기 웹툰 《송곳》의 저자 최규석은 네이버캐스트 '지금의 나를 만든 서재'에서 이렇게 말했다.

"자료조사를 위해 사회 비판서 등 책을 엄청 많이 읽죠. 사회운동가 사울 D. 알린스키의 《급진주의자를 위한 규칙》을 읽고서야 노무사 구고신의 캐릭터를 구체화할 수 있었죠. 책을 읽다 보면 인간의 관심 분야, 지식의 범위가 어떻게 펼쳐지는지가 그려지죠."

로마제국의 흔적을 찾아 나선 여행 기록 《로마제국을 가다》의 저자 최정동. "외국 원서 등 로마에 관한 40여 권의 책을 읽고, 야후나 구글도 무시로 드나들었다. 그렇게 먼저 다른 책에서 자료 수집을 한 다음 그리스, 스페인, 포르투갈, 독일, 프랑스, 영국 등 로마제국의 현장을 방문했다."

생산형 메모는 각종 문헌이나 현장조사에서 건진다. 관련 문헌을 읽고 현장을 방문하면, 자신이 생각하고 말하고자 하는 것이 점점 더 구체적으로 정리된다. 기대하지 않았던 전혀 엉뚱한 자료나 장소에서 가슴이 쿵 할 정도의 중요한 메모를 건지기도 한다.

생산형 메모의 개념과 방법은 갖가지 모양과 크기의 조각을 끼워 맞춰 작품을 완성하는 직소 퍼즐을 연상하면 된다. 직소 퍼즐 중에는 조각 수가 수천, 수만 개에 이르는 것도 있다. 조각 수가 많을수록 난이도가 높고 시간도 오래 걸리지만 작품의 정밀도나 완성도가 높아진다. 생산형 메모도 똑같다.

사소한 메모라도 어떤 식으로든 다른 메모와 연결된다. 아무렇게나 흩어져 있는 사실들 같지만 분명 어딘가에 인과관계가 있다. 쓸모가 없거나 나쁜 메모는 없다. 당장은 쓸모없는 것 같은 메모라도 다른 메모와 연결되면서 쓰임새가 생긴다. 같은 메모라도 볼 때마다 다르다. 다른 메모를 보지 않고 그 메모를 보았다가 다른 메모를 보고 그 메모를 보면 전혀 다른 메모로 다가온다.

다치바나 다카시는 《지식단련법》에서 인풋과 아웃풋의 비율이 최소 '100대 1'은 돼야 한다고 주장했다.

"지식생산에서 입력과 출력의 차이는 크면 클수록 좋다. 입력과 출력의 차이가 적다면, 심한 경우에는 표절이고 잘해야 있는 재료를 단지 짜깁기한 작품에 불과하다. 역으로 이 차이가 크다면 작품에 녹아든 정보의 밀도가 대단히 높다는 것을 의미한다. 좋은 글을 쓰기 위해서는 입력 대 출력의 비율이 100대 1 정도는 돼야 한다. 책 한 권을 쓰려면 최소한 100권을 읽어야 한다."

논픽션 책은 그 책을 쓰기 위해 빌린 문헌을 밝히는 게 기본이다. 하지만 참고문헌을 밝히지 않는 저자도 더러 있다. 소설, 시집 등 문학책은 으레 참고문헌을 밝히지 않지만 도서관에서 책과 씨름하며 잡다한 지식을 메모하여 녹여내는 소설가와 시인이 많다. 연해주에 정착한 조선인 17만 명이 중앙아시아로 강제 이주당한 역사적 사실을 다룬 장편소설 《떠도는 땅》의 저자 김숨은 "당시 사람들의 복장, 열차 안에서 먹었던 음식 같은 일상적인 부분이 가장 조사하기 어려웠다. 여러 자료 속에서 한 문장을 겨우 찾아내 이야기를 덧붙이는 방식으로 작업했다"고 했다.('뿌리 뽑혀 흩뿌려진 사람들, 그 참혹했던 여정 따라…', 〈조선일보〉, 2020.5.6)

픽션이든 논픽션이든 예외 없다. 여기저기서 메모를 모으고, 수집한 메모를 연결하여 작품을 완성한다. 미국 사회학자 로버트 K. 머튼1910-2003이 말했듯이 "모든 창조자는 시공간에서 타인에게 둘러싸여 있고 죽은 자와 산 자를 불문하고 수많은 타인에게서 개념, 맥락, 도구, 방법론, 데이터, 법칙, 원칙, 모형을 물려받기 마련이다."

제로드래프트와
제로메모

~~~~~~

    기초적인 계획이나 구상을 개략적으로 적은 것을 초안草案이라고 한다. 글, 그림, 음악, 과학 등 모든 분야에서 두루 사용하는 개념이다. 영어로는 러프드래프트rough draft 혹은 퍼스트드래프트first draft라고 한다.

    《21세기 지식경영》《프로페셔널의 조건》《피터 드러커의 자기경영 노트》《피터 드러커 마지막 통찰》 등의 저자로 현대경영학의 아버지로 불리는 피터 드러커1909-2005는 《프로페셔널의 조건》에서 퍼스트드래프트 이전 단계를 제로드래프트zero draft라고 했다. 말 그대로 아무것도 없는 제로에서 톡 하고 올라오는 첫 생각 또는 아이디어를 말한다.

머릿속 생각은 조금만 길어지면 어김없이 뒤엉켜 버린다. 단어를 순서에 맞게 배열하려는 언어의 속성 때문이다. 도마베치 히데토가《머릿속 정리의 기술》에서 오만 가지 잡생각이 뒤엉키는 머릿속을 청소하는 도구는 메모뿐이라고 했다. 뒤엉키기 전에 일단 제로드래프트부터 끄집어내야 한다. 제로드래프트를 끄집어내는 메모를 제로메모라고 하면 모든 작품은 예외 없이 제로메모에서 시작되는 셈이다.

무라카미 하루키는 어느 날 문득, 정말 갑자기 '기사단장 죽이기'라는 생각이 떠올랐다고 했다. 그래서 쓰기 시작한 소설《기사단장 죽이기》의 도입부도 그 전에 불쑥 떠오른 생각을 아무런 목적 없이 그냥 메모해둔 문장들이라고 했다. 하지만 심리학자들은 어느 날 문득, 정말 갑자기 같은 건 없다고 한다. 생각은 자극과 반응의 메커니즘이라 의식하지 못하는 사이에 어떤 자극이 들어온다고 했다.

나도 언젠가 '나는 복권을 사는 대신 책을 쓴다'는 가제가 불쑥 떠올랐다. 처음에는 느닷없다고 생각했는데, 다시 생각해보니 역시 그랬다. 얼마 전에, 애들이 복권이 당첨되면 아빠에게는 뭐를 사주고, 엄마에게는 뭐를 사준다며 함께 웃은 적이 있었다.

아마 그때 무의식 속에 '나도 더 열심히 책을 쓸게'라고 혼자 다짐했던 것 같다. 일단 메모를 하자 또 다른 제로메모들이 뒤따라 올라왔다.

 - 실제로 복권이 당첨될 확률과 책이 베스트셀러가 될 확률을 비교할 수 있을까?
 - 책의 역사와 복권의 역사는?
 - 출판사에서 퇴짜 맞다가 베스트셀러가 된 작품 등 재미있는 베스트셀러 이야기는?
 - 복권과 관련된 재미있는 이야기는?

 이렇게 불쑥불쑥 올라오는 제로메모를 단순히 나열하는 것만으로도 얼마든지 책의 초안이 될 수 있다. 보통 이런 초안을 작가들은 개요, 화가들은 밑그림, 학자들은 가설이라고 한다. 흔히 대단한 작품이나 결과물은 대단한 개요나 밑그림, 가설로 시작하는 줄 아는데, 일단 생각나는 제로메모를 가볍게 나열하는 정도로, 정말 사소하고 시시하게 시작하는 개요나 밑그림, 가설이 의외로 많다.
 게다가 어떤 개요든 밑그림이든 가설이든 초기의 형태가 온전하게 유지되는 경우는 드물다. 작업이 진행되면서 다른 생각이나 이런저런 아이디어가 불쑥불쑥 올라오면서 초기의 모습은 깡그리 사라지는 경우가 대부분이다. 개요는 아무리 완벽하게 만들어도 나중에는 거의 다 바뀌는 일이 다반사다. 그러리라는 걸 미리부터 안다면 오히려 더 부담 없이 시작할 수 있다.

미술 선생님들이 일러주는 밑그림 그리는 요령이 그런 셈이다.

"깔짝깔짝대지 말고 크게 크게 그려. 대범하게."

"틀려도 좋으니까 선을 시원시원하게 그려. 용기 있게."

반면 글쓰기를 지도하는 선생님이나 글쓰기 책들은 보통 이렇게 지도한다.

'(보통 개요를 구성에 포함시키고) 구성은 시간적 구성, 주제별 구성, 혼합형 구성에서 하나를 선택할 수 있다. 시간적 구성은 일어난 시간 순서대로 내용을 배열하고, 주제별 구성은 흥미 있는 주제별로 내용을 구성하고, 혼합형은 시간적 구성으로 전개하다가 주제별 구성을 삽입하거나, 주제별 구성으로 전개하다가 시간적 구성을 삽입하고….'

이런 지도를 받거나 이런 책을 읽은 독자들은 새삼 글이나 책 쓰기를 어려워하게 된다. 저자 지망생인 내 지인은 십수 권의 글쓰기 책을 읽었다고 자랑한다. 그러고는 수년째 개요만 붙들고 있다. 전형적이지 않은 자유로운 색상으로 '색채의 마술사'로 불린 화가 앙리 마티스1869-1954가 말했듯이 "화가처럼 봄으로써 그림을 그리는 게 아니라, 그림을 그림으로써 화가처럼 보게 된다."

〈로마의 휴일〉〈스파르타쿠스〉〈빠삐용〉 등 수많은 히트작을 내고, 아카데미 각본상을 두 번이나 받은 시나리오 작가 제임스 돌턴 트럼보1905-1976가 친구에게 말했다.

"투우장에서 죽어가는 소를 보며 눈물을 흘리는 소년에 관한 책을 쓰고 싶은데 어떻게 써야 할지 모르겠어."

책을 써본 적도 없는 친구가 이렇게 말했다.

"그건 일단 시작하면 알 수 있겠지."

움베르토 에코가 "나는 한 수도사를 독살한다는 막연한 아이디어에 자극을 받고, 1978년에 일단 쓰기 시작했다. 나머지는 쓰는 과정에서 붙은 살에 지나지 않는다"(《장미의 이름 작가노트》)고 말한 소설 《장미의 이름》은 40여 개국에서 번역되고 프랑스 메디치상을 비롯해 각종 문학상을 휩쓸었다.

앞에서 소개한 《내 문장이 그렇게 이상한가요?》의 저자 김정선 선생도 "소설의 첫 문장들만 모아 보면 어떨까? 하는 아주 단순한 생각에서 《소설의 첫 문장》이 시작되었다"며 "실제로 모아 놓고 보니 그럴듯하다"고 말했다.

글쓰기에
무슨무슨 원칙은
필요 없다

~~~~~~~~

"우리 영화는 설명이 너무 많다."

《박찬욱의 오마주》《박찬욱의 몽타주》 등의 책도 쓰고, 영화도 만드는 박찬욱 감독의 말인데, 영화뿐만 아니다. 글쓰기나 책 쓰기에도 무슨무슨 원칙 등 설명이 너무 많다. 뭐든 간에 '투 머치 Too Much'는 그다지 유익한 게 없다. 가령 글쓰기나 책 쓰기에서 마치 원칙처럼 강조하는 게 '주제 먼저'다. 말하려고 하는 무엇, 즉 주제를 먼저 정하고, 글쓰기나 책 쓰기를 시작하라고 한다.

다 읽은 책이지만 가끔씩 다시 꺼내 보는 책이 있다. 천명철 사진작가의 《어느 날 사진이 가르쳐준 것들》도 그중 하나다. '한겨울의 마른 풀'을 주로 찍은 사진집이다. 상식적으로 누가 한겨울에 볼품없이 바짝 마른 풀을 찍으려고 할까? 천 작가가 이런 다소 엉뚱한 소재를 선택하게 된 사연이 재미있다.

천 작가가 겨울에 친구와 산행을 하다가 잠시 바위에 앉아 쉬고 있었다. 잔설이 여기저기 남아 있었다. 무심코 나무에 간신히 매달려 있는 바짝 마른 나뭇잎을 보고 아무 생각 없이 그냥 한 장 찍었다. 그러자 옆에 앉아 있던 친구도 찍었다. 그 친구는 사진작가 친구가 찍으니까 당연히 좋은 소재일 거라고 생각했는지 여기저기 앙상한 가지에 매달린 나뭇잎들을 찾아 찍어댔다. 천 작가도 덩달아 다시 찍기 시작했다. 그러고 보니 바위틈에, 나무 자락 근처에, 등산로 길 옆에 화려하진 않지만 점잖고 고상하며 기품 있는 색채를 띤 마른 풀들이 다르게 보이기 시작했다. 그냥 눈 쌓인 계곡이나 바위를 찍을 요량으로 카메라를 가지고 간 건데 우연한 일로 전혀 생각지도 못한 소재를 발견하고, 메모(촬영)를 계속했다.

주제는 천천히 다가왔다.

"마치 겨울의 산하가 동면보다 더한 죽음의 껍데기인 듯 보이지만 알고 보면 다음 봄을 이어갈 생명을 잉태하기 위한 준비의 시간을 보내고 있다. 차가운 눈과 딱딱하게 굳은 흙 사이에서 힘차게 살아있는, 보면 볼수록 감동적인 생명체다."(《어느 날 사진이

가르쳐준 것들》

작업을 시작하기 전에, 이렇게 감동적인 주제를 먼저 생각해 낼 수 있을까?

다큐멘터리 영화감독 게일 돌긴과 빈센트 프란코는 망설였다. 베트남전1955-1975이 끝나고 미국에 입양된 수천 명의 베트남 아이들 중 하나였던 헤이디 버브가 22년 만에 그녀의 생모를 만나기 위해 베트남에 간다는 말을 들었을 때다. 괜찮은 다큐멘터리 소재라고 생각됐지만, 주제고 뭐고 아무것도 준비가 안 돼 있었다. 할지 말지 고민하다가 일단 버브와 함께 베트남에 갔다. 만나는 과정을 촬영하고, 미국으로 돌아오는 비행기 안에서 이야기의 주제를 결정했다. 버브와 그녀의 생모가 재회하며 겪는 '갈등'을 다룬 기록영화《다낭의 딸Daughter from Danang》은 2003년 다큐멘터리 부문 오스카상을 수상했다.

전 세계 2600여 개 신문에 연재돼 매일 3억 명 이상의 독자들이 구독한〈피너츠Peanuts〉를 쓰고 그린 찰스 슐츠1922-2000가《찰리 브라운과 함께한 내 인생》에서 이렇게 말했다.

"사람들은 내가〈피너츠〉에서 어떤 주제나 말하고자 하는 바가 있느냐고 물어보기도 한다. 하지만 솔직히 말해서 나는 한 번도 주제를 먼저 생각해본 적이 없다. 그저 어떻게 하면 좋은 아이디어를 몇 개 더 얻을 수 있을까를 궁리할 뿐이다. (중략) 그리려는 만화의 주제에 집착하지 않고 각각의 에피소드에 집중하다 보면 캐릭터의 개성이 만들어지고 캐릭터의 개성으로부터 또 새로운 아이디어가 나오면서 만화의 주제가 형태를 갖추기 시작한다."

주제를 먼저 생각해도 좋지만 '주제 먼저'를 마치 정답이나 원칙처럼 강요하는 건 비현실적이다. 주제를 나중에 정하는 작가도 분명 있으니 하는 말이다.

《영어책 한 권 외워봤니?》《내 모든 습관은 여행에서 만들어졌다》《매일 아침 써봤니?》《공짜로 즐기는 세상》의 저자 김민식이 《매일 아침 써봤니?》에서 이렇게 말했다. "저는 처음부터 주제를 의식하며 글을 쓰지는 않습니다. 그러면 글머리가 너무 무거워지거든요. 글의 탄력이 줄고 윤기가 사라져요. 처음엔 그냥 수다 떨듯이 재미난 이야기에 치중합니다. 그래야 재미있어요. 쓰는 것도, 읽는 것도 말이죠. (중략) 나중에 주제를 잡으면, 주제에 맞춰 글의 흐름을 정리합니다."

처음에는 단순한 의문이나 호기심, 막연한 열정이나 열망에서 메모를 시작한다. 메모가 연결되면서 서서히 무언가가 다가온다. 메모를 시작할 때는 미처 생각하지 못한 사실 또는 의미 같은게 생각난다. 혹시나 하던 무언가가 확신으로 다가온다. 그러니 "다 완성하기 전까진 절대 이렇게 이렇게 쓸 거야, 라고 남에게 말하지 마라." 영화 〈대부〉 원작을 쓴 마리오 푸조1920-1999의 말이다.

소설 《마음》 《동쪽 나라에서》 등의 저자 고이즈미 야쿠모1850-1904는 "가장 놀라운 작품은 작가가 구성하고 기획하는 것이 아니라 작품 스스로 구성된 것, 거의 다 되었다가도 작가로 하여금 처음부터 끝까지 바꿔 버리게 만드는 작품이다"고 했다.

이전에는 나만 그런 줄 알았다. 모두가 절대 원칙처럼 강조하는 '주제 먼저'가 어색한 건 내가 아는 게 없어 그런 거라고 생각했다. 하지만 지금은 안다. 나뿐만 아니라 어쩌면 거의 모든 저자가 가스가 마사히토가 《100년의 난제 푸앵카레 추측은 어떻게 풀렸을까?》에서 말한 순간을 기다린다. 주제나 개요가 명확해지는 순간 말이다.

"가장 특별한 순간은 문제를 다른 각도에서 보았을 때 이전에는 보지 못했던 것이 갑자기 명확해질 때이다. 울창한 숲이라고 생각했는데 적절한 장소에 서 보니 나무들이 한 줄로 정연히 늘어서 있는 것이다. 다른 각도에서 보면 그 구조는 보이지 않고 마구잡이로 서 있는 나무만 보인다. 하지만 적절한 쪽으로 방향을 바꾸면 갑자기 그 구조가 드러나 보인다."

'주제 먼저'와 함께 글쓰기나 책 쓰기의 원칙처럼 통하는 게 '개요 먼저'이다. 대부분의 글쓰기 책들이 먼저 개요를 작성한 후 글이나 책을 쓰라고 한다. 아무런 구상도 없이 일단 쓰기 시작하는 것은 마치 설계도 없이 집을 짓는 것과 같다며, 그렇게 해서 좋은 작품을 기대하는 것은 난센스라고 주장한다.

사이토 다카시. "글을 쓰기 전에 개요를 먼저 작성해야 한다. 전체 또는 각 항목마다 무엇에 대해 쓸 건지 미리 개략적인 내용을 적어둔다. 개요가 완성되면 글의 골격과 기본적인 근육은 다 만들어진 셈이다. 이제 살만 붙여주면 된다. 개요를 미리 작성하면 필요한 자료 수집과 정리도 더 효율적이다. 무작정 자료를 수집하거나 사용하지 않고 버리는 자료도 줄어들게 된다."《원고지 10장을 쓰는 힘》)

와다 히데키. "나는 일단 글의 콘티를 만든다. 콘티는 어떤 내용을 어떤 순서로 쓸지 정리한, 말하자면 글의 설계도다. 콘티를 만듦으로써 무엇을 주장하고 싶은지, 어떠한 논리로 전개하여 내 주장을 전하고 싶은지가 명확해진다."《마흔, 혼자 공부를 시작했다》

소설가 이승우. "설계도를 만드는 작업이 중요하다." 개요, 콘티, 설계도, 아우트라인, 윤곽, 스케치, 밑그림, 구성은 다른 표현, 같은 의미의 동의어다. "설계도를 만드는 데 들이는 시간이 소설을 쓰는 데 들이는 시간보다 더 많아야 한다. 쓰다가 중단한 작품을 많이 가지고 있는 사람이 있다. 그런 사람은 설계도나 밑그림 없이 자신의 재능이나 우연한 행운만을 기대하고 무작정 글쓰기를 시작한 사람이다. 발상이 떠올라서 출발은 하고 보았지만, 어떤 길을 통해 어디로 가야 할지 알지 못한 상태이니 도중에 길을 잃어버리게 되는 것이다."《당신은 이미 소설을 쓰기 시작했다》

그런데 개요를 나중에 만들거나 아예 만들지 않는 저자도 있다. 이들은 오히려 '개요 먼저'에 의문을 제기한다.

먼저 다치바나 다카시. "다소나마 정리된 글을 쓰려고 한다면 우선 확실한 콘티를 짜는 것이 최초의 작업 수순이라고 일반적으로 배우고 있다. 그러나 실상 나는 그런 것을 만들어본 일이 없다. 만들려고 시도한 적은 몇 번 있다. 하지만 그게 전혀 도움이 안 됐기 때문에 이후에는 짧은 글은 물론 1000매가 넘는 장편 원고라도 콘티를 작성한 일이 없다."《지식의 단련법》)

논픽션 작가 헤이즈 B. 제이콥스. "나는 아우트라인을 써 놓고, 그것에 준하여 글 쓰는 예가 거의 없다. 만일 꼭 그렇게 해야 할 때는 고작 단어나 어구를 나열하는 정도에 지나지 않는다. 순서를 정하여 번호를 달거나 제목과 소제목 등으로 구분하는 일은 결코 없다."《논픽션 쓰는 법》)

무라카미 하루키도. "나는 처음부터 플롯을 정해놓고 소설을 쓰지 않는다. 아무리 길고 복잡한 구성을 가진 소설이라도 처음에 계획을 세우는 일 없이 전개도 결말도 알지 못한 채 되는 대로 생각나는 대로 척척 즉흥적으로 이야기를 풀어나간다. 나중에 크게 전체적으로 북북 고치거나 손을 본다."《직업으로서의 소설가》)

홍상수 감독은 촬영할 시나리오를 당일 아침에 쓰는 등 직관을 많이 따르기로 소문이 나 있다. 2020년 2월 20일 개막된 제70회

베를린영화제 경쟁부문에 초청받은 〈도망친 여자〉 시사회에서 홍 감독이 말했다.

"나는 보통 구조나 내러티브의 완전한 아이디어 없이 촬영을 시작한다. 그냥 하고 싶은 몇 가지 소재에서 출발해 그다음에 오는 것에 내가 어떻게 반응하는지, 그 반응에서 무엇이 나오는지 본다. 그러다 보면 내가 뭘(주제) 원하는지 대략 알게 된다."

나는 몇 개의 제로메모에서 책 쓰기를 시작한다. 그것도 일종의 개요라면 개요다. 하지만 수시로 제로메모가 추가되고 또 삭제되고 다른 제로메모와 교체된다. 그러다 보면 초기 개요는 대부분 기억조차 안 난다. 이런 건 '개요 먼저'인지 '개요 먼저?'인지 모르겠다.

알고 보니 '개요 먼저'에 속하는 작가들도 늘 융통성을 발휘한다. 건축가, 작곡가 등도 그 분야의 '작가'들이다.

"무언가를 그릴 때는 처음부터 모든 디테일을 100% 채우려고 하지 마라. 가장 보편적인 구성 요소부터 시작해 점차 구체적인 부분으로 진행한다. 스케치를 하다가 특정 부분에 너무 집중하고 있다는 생각이 들면 일단 거기서 손을 떼고 다른 부분으로 넘어간다. 전체적인 조화를 생각하면서 각 부분을 스케치한다."(매

튜 프레더릭,《건축학교에서 배운 101가지》)

"가령 한 영화에 20곡을 수록한다고 했을 때 한 곡 한 곡을 완벽하게 작곡한 후 다음 곡으로 넘어가지 않는다. 한 곡의 윤곽이 어느 정도 보이면 완성하지 않고 다음 곡으로 넘어간다. 그렇게 그 영화에 필요한 곡을 대충 윤곽만 만든 후 처음부터 다시 한 곡씩 완성도를 높인다. 그런 과정을 몇 단계에 걸쳐 반복한다. 시간을 두고 몇 번씩 다듬는 사이에 전체적인 균형을 잡을 수 있고, 이 영화에서 혹은 이 앨범에서 말하고 싶은 것이 무엇인지 명확해진다."(〈센과 치히로의 행방불명〉 〈하울의 움직이는 성〉 등의 OST를 만든 작곡가 히사이시 조,《감동을 만들 수 있습니까》)

프랑스 철학자 알랭 바디우의 말을 빌릴 수밖에. "어떤 일을 할 때 한 가지 원칙이나 방법만 알고 있는 것만큼 위험한 건 없다."

개떡같이 찍어도
찰떡같이 이어 붙인다

~~~~~~~

내가 기업사 작가의 일을 해보겠다며, 회사를 나온 게 1991년이었다. 그 후 큰 가방이 나의 캐릭터가 됐다. 국공립 도서관, 정부기관, 협회, 신문사 등의 자료실을 뒤져 필요한 자료를 빌리거나 복사했다. 늘 큰 가방을 들고 돌아다니자, 친구들이 사람보다 가방이 더 크다며 놀렸다. 덕분에 튼튼한 다리와 허리로 마라톤을 시작했지만. 그렇게 모은 자료에서 필요한 내용을 일일이 손으로 메모하는 일도 만만치 않았다.

그 시절을 생각하면 지금의 손가락품은 사치도 이런 사치가 없다. 앉은 자리에서 웬만한 도서관에 보관되어 있는 것보다 더 많은 자료에 접근할 수 있고, 클릭 몇 번이면 필요한 내용을 메모장에 옮겨 담을 수 있다.

한국 1호점 개점에 맞춰 내한한 커피전문점 블루보틀_{Blue Bottle} 창업자 제임스 프리먼이 말했다.

"비즈니스적인 성공에 IT가 중요하다는 건 알고 있다. 하지만 창업 당시도 그렇고 지금도 역시 나는 IT에 문외한이다. 좋은 카페에서 좋은 커피를 제공하는데 IT가 무슨 필요가 있나. 블루보틀이 구사하는 최고의 첨단기술은 맛있는 커피를 만드는 기술이다."('콘센트 없고 불편한 블루보틀, 한국인 바다 건너 성지순례 왜', 〈중앙일보〉, 2019.5.3)

그럴지도 모른다. 하지만 드립커피 마니아인 나는 블루보틀을 일상으로 이용할 수는 없을 것 같다. 소위 '작가'라는 업종에도 IT는 선택이 아닌 필수가 됐기 때문이다.《생각하지 않는 사람들》의 저자 니콜라스 카가 말했다.

"작가인 나에게 웹은 하늘이 내려준 선물 같았다. 도서관 정기간행물 서고에 처박혀 며칠을 보내야 가능했던 자료 수집은 이제 불과 몇 분이면 끝난다. 구글에 검색어를 몇 번 입력하고 하이퍼링크를 따라가면 내가 찾던 숨겨진 진실이나 명쾌한 코멘트를 찾을 수 있다."

《전문가와 강적들 : 나도 너만큼 알아》에서 "인터넷으로부터

무한한 사실들을 공급받은 사람들이 스스로 전문지식을 가졌다는 착각에 빠져서, 마치 지적 기량이 풍부한 사람인 양 허풍을 떤다"며 투덜대는 톰 니콜스 교수도 논문이나 책을 쓸 때 인터넷이 얼마나 편리한지 모른다고 털어놓는다.

"내 경우에도 인터넷이 글 쓰는 일을 과거보다 훨씬 더 쉽게 만들어 주었음을 기꺼이 인정한다. 1980년대에 내가 학위논문을 쓰던 당시에는 어딜 가더라도 책과 논문을 한아름씩 짊어지고 다녀야만 했었다. 지금은 노트북 화면의 즐겨찾기와 파일 폴더에, 나중에 손가락 하나로 클릭해서 읽을 전자 논문들을 잔뜩 골라 넣어 놓기만 하면 된다. 그러니 어떻게, 도서관 깊숙한 곳에 있는 복사기 앞에서 시간을 흘려보내는 것보다 더 좋아졌다고 말하지 않을 수 있겠는가?"

'20세기는 노하우know how(자신이 알고 있는 것) 시대, 21세기는 노웨어know where(어디서 관련 자료를 찾을 수 있는지 아는 것) 시대'라는 말이 갈수록 실감난다. 노웨어는 별다른 노하우가 필요 없다. 검색어를 몇 번 입력하고 하이퍼링크를 따라가며, 메모하고 또 메모하면 된다.

'정보에 색인을 달아 누구든지 원하는 모든 정보에 접속할 수 있게 한다.' 구글, 네이버 같은 IT업계의 사업 목표다. 이 말이 100퍼센트 실현될지는 미지수지만, 아무튼 인터넷 속도는 점점 더 빨라지고 검색도 더 쉽고 더 빠른 쪽으로 발전하고 있다. 이러다 보니 숫제 "글은 머릿속이 아닌 인터넷에서 나온다"며 "다소 극단적으로 말하자면 인터넷만 연결되어 있으면 언제 어디서나 어떤 주제라도 일정한 품질 이상의 글을 쓸 수 있다"고 말하는 사람도 있다. 하지만 '일정한 품질 이상의 글'은 너무 비약했다. 인터넷이 연결되면 쉬워지는 건 자료(메모) 수집이다. 아무리 많은 메모를 확보해도 그들을 연결하는 건 또 다른 문제다.

발레 무용수를 많이 그려 '무희의 화가'로 불린 에드가 드가₁₈₃₄₋₁₉₁₇는 시적 감성도 풍부했다. 하지만 드가는 시는 한 편도 짓지 못했다. 드가는 시인 친구 스테판 말라르메₁₈₄₂₋₁₈₉₈에게 그 고민을 털어놓았다.

"머릿속에 늘 많은 시상_{詩想}(시를 짓기 위한 착상이나 구상)이 떠오르지만 그걸 시구_{詩句}(시의 구절)로 표현할 수가 없네."

《목신의 오후》《주사위 던지기》등의 시집을 발표한 말라르메는 이렇게 대답했다.

"시를 만드는 건 불쑥 떠오르는 시상들이 아니네. 떠오른 시상에 맞는 단어를 생각하고 그 단어들을 모으고 연결하는 노동이 필요하다네."

'개떡같이 찍어도 찰떡같이 이어 붙인다'는 말은 다큐 피디들 사이에 좌우명으로 통하는 격언이다. 촬영 대본도 만들고 계획도 나름 치밀하게 짜지만 촬영을 마치고 편집실로 돌아오면, 언제나 부족한 숏, 빠진 숏투성이다. 하지만 어떻게든 확보한 숏을 붙이고 잇고 연결하여 여하히 작품을 완성해야 한다며, 혹은 할 수 있다며 스스로 자신들을 격려하는 격언이다.

《책벌레와 메모광》의 저자 정민 교수는 그 자신이 책벌레이자 메모광이지만 그의 진짜 실력은 그렇게 모은 메모를 여하히 연결하는 능력 또는 노력이다.

"전철과 소파에서 메모한 것을 모아 엮은 책도 여러 권 있다. 주로 짧은 옛글을 번역하고 내 단상을 추가한《한서 이불과 논어 병풍》《마음을 비우는 지혜》《죽비소리》《성대중 처세어록》《돌 위에 새긴 생각》《와당의 표정》 등이 다 그렇게 나왔다.《한밤중에 잠깨어》《다산어록청상》《오직 독서뿐》 같은 책도 대부분 정색을 하고 쓴 게 아니라 자투리 시간에 메모한 것을 연결한 것이다."《책벌레와 메모광》

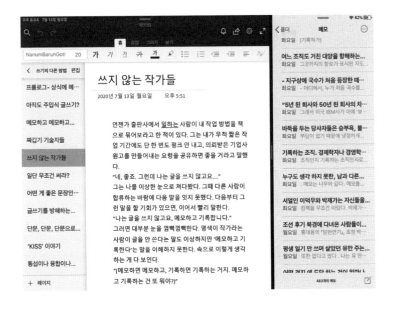

　누구나 인터넷과 책을 잘 활용하면 꽤 많은 메모를 모을 수 있다. 저자가 되기 위한 일차 관문이다. 하지만 무작정 메모를 많이 모은다고 다 저자가 되는 건 아니다. 메모는 모으기 위한 게 아니다. 연결하기 위한 것이다.

　나는 컴퓨터의 '분할 보기Split View 기능'을 활용하여 메모앱 두 개를 동시에 띄워놓고 작업한다. 그동안 시도 때도 없이 메모를 던져 넣은 기본 메모장에서 필요한 메모를 선택하여 또 다른 메모앱(원노트)에서 연결한다.

미리 생각한 글의 대강을 생각하며 그에 맞는 메모를 찾아 끼워 넣는다. 《강원국의 글쓰기》의 저자도 비슷한 요령을 설명했는데, "머릿속에 설계가 있는 사람은 자료를 눈으로 죽 훑어보다가 필요한 것을 딱딱 가져와 조립한다. 무엇을 가져와야 하는지 아는 것이다."

마치, 각각 다르게 생긴 조각들을 연결하는 직소퍼즐 맞추기 같다. 각각의 조각들이 따로따로 있을 때는 하등 상관이 없다. 하나둘 연결되면서 서서히 어떤 그림이 나타난다. 루돌프 플레시가 《재미있고 쉬운 글쓰기 기술》에서 "뭔가를 쓰려고 하는 사람은 대부분 재료를 모으는 방법을 몰라서 제약을 받는다"고 했다. 실상은 재료를 연결하는 방법을 몰라 더 많은 제약을 받는다. 이 책의 원고를 먼저 읽어본 사람들도 '연결'에 관심이 더 많았다. 하지만 내 대답은 다소 엉뚱하다고 하겠지만, 오히려 방법이 너무 많아 걱정이다. 각자의 관점과 사고방식, 습관, 취향 등이 다 다르다. 그런 온갖 요인이 복합되어 다양한 연결과 배치가 가능하다. 그래서 내 글, 내 책이 나온다.

대부분의 글쓰기 책들은 이 대목에 이르면, 보통 논리적으로 쓰라 혹은 말하고자 하는 주제나 메시지가 분명하게 드러나게끔 쓰라고 한다. 당연한 것을 마치 노하우처럼 말한다. 물론 그렇게 할 수 있다면 마땅히 그렇게 해야 한다. 하지만 읽을 때만 그럴 듯하고 현실이 따라주지 않으면 말장난에 불과하다. 추상적인─구체성이 없어 어떻게 하면 좋을지 정확하게 모를 때는─이론보다는 눈앞에 보이는 푯말과 리본을 따라가는 게 상책이다.

최근에 나의 새로운 관심사가 된 게 '걷기'다. 마치 각각 다른 길로 걸어온 세 사람이 우연히 삼거리에서 딱 마주치듯이 '걷기'에 꽂혔다. 한 사람은, 한강을 따라 천천히 달렸다. 토요일 아침은 늘 혼자 30킬로미터 이상의 거리를 뛴다. 그 날도 그랬다. 30분쯤 달렸을 때 오른쪽 종아리에서 뚝 하는 느낌이 왔다. 돌아서서 쩔뚝거리며 집까지 걸어오는데 2시간 넘게 걸렸다. 종아리 근육을 너무 많이 사용했단다. 어느 정도 회복되고 천천히 뛰기 시작했지만, 계속 신경이 쓰인다. 혹시 또 뚝 할까 봐.

또 한 사람은 '코로나19'다. 다들 알다시피 이 불청객 때문에 세계가 쑥대밭이 됐다. '사회적 거리 두기'도 좋지만 그렇다고 집구석에만 처박혀 있을 수는 없다. 마스크를 쓰지만 특히 몸을 붙이고 앉는 지하철을 탈 때마다 찜찜하다.

세 번째 사람은 서점에서 다른 책을 찾다가 우연히 만났다. 책

띠지에 '아무 장비 없이 지구 3극점을 두 발로 정복한 남자의 일상 산책'이라고 인쇄돼 있어 나는 북극점, 남극점, 에베레스트 정상까지 걸어가는 여정을 담은 책인 줄 알았다. 하긴 그러기에는 책이 너무 작기는 했다. '남극으로 걸어간' 내용은 전혀 없고, 걷기를 대놓고 예찬하지도 않는다. 그저 걷기에 대한 저자의 철학적—정확히 어떤 것을 말하는지는 잘 모르지만 저자가 철학을 공부했다고 하니—생각이 간결하게 정리돼 있다. 서점에서 나와 들어간 커피숍에서, 다 읽었다. 나에게는 '명저'가 됐다. 이젠 웬만한 거리는 지하철을 타는 대신 걸어 다닌다. 내가 정기적으로 가는 정독도서관과 광화문 서점까지 대략 6킬로미터다. 바쁘지 않은 날은 걸어간다. 일부러 걷기 좋은 길을 찾아가 걷기도 한다.

'걷기 좋은 길' 첫 코스로 경의중앙선이 지나가는 역과 마을, 산과 강을 따라가는 '양평 물소리길'을 선택했다. 총 6개 코스를 한 번에 한 코스씩 틈날 때마다 걷기로 했다. 심각한 길치라 초행길은 늘 두렵다. 책과 인터넷을 뒤져 이런저런 길 정보를 머릿속에 잔뜩 입력하고, 첫 코스 출발점인 양수역에 내렸다. 약간 긴장하여 역 앞에 나가니, 물소리길 방향을 가리키는 푯말이 있었다. 따라가니, 몇 미터마다 파란 리본이 매달려 있었다. 아무 생각 없이 그냥 푯말과 리본만 따라갔다.

내가 기업사 작가로서 터닝포인트—인지도, 원고료 등에서—가 된 작업이 삼성전자의 메모리반도체 사업 과정을 기록한《실록 반도체신화》(1997)였다. 하지만 이 작업은 시작부터 끝까지 '얼떨결에'라는 표현이 딱 어울렸다. 삼성그룹 담당직원이 서점에서 우연히《社史제작법》(1995)을 보고, 저자인 나를 후보작가 명단에 끼워 넣어줬다. 하지만 나중에 함께 작업하면서 친해진 후 웃으면서 말해줬다. 나는 그저 '머릿수 채우기'였을 뿐이라고. 하긴 다른 쟁쟁한 후보작가들에 비하면 나는 모든 면에서 턱도 없었다. 그런데 짧은 작업 기간, 꽤 긴 해외 출장 등 몇몇 변수가 작용하여 몇몇 후보들이 탈락하면서 면접까지 살아남았다.

"원고료는 얼마를 원합니까?" 그런 질문을 받을 줄은 상상도 못했다. 이미 잔뜩 얼어 있던 나는 제정신이 아니었다. "1원이라도 상관없습니다. 내가 꼭 해보고 싶은 작업입니다." 얼떨결에 이 말이 튀어나왔다. 될 일은 뭘 해도 된다더니 삼성 측에서 그걸 나의 열정과 자신감으로 해석해 버렸다. 다른 일류 작가들이 요구한 원고료로 계약은 했지만, 나는 기쁨보다 걱정이 더 많았다. 도대체 작업을 어떻게 풀어나가야 할지 막막했다. 워낙 긴박하게 추진된 사업이라 참고할 만한 자료가 거의 없었다. 그런 나를 끌어준 게 나와 한 팀이 된 삼성 실무진이었다. 그들이 스케줄을 만들고, 인터뷰 대상을 선정하고, 나를 그들과 만나게 해주었다. 나는 달랑 소형 녹음기 하나 들고 그들을 따라다녔다. 꽤 많은 나라를 돌아다니며 삼성의 반도체 사업에 직간접적으로 참여한 104명을 만났다. 나는 그들이 들려주는 기억과 경험을 메모하고 메모하고 연결했다.

나는 지금도 어떤 작업이든, 간단한 질문을 던지고 현장에서 푯말과 리본을 따라간다. 보고 듣고 느낀 것을 메모하고 메모하고 연결한다. 그뿐이다.

www, URL, HTTP 등을 고안하여 인터넷의 아버지라고 불리는 영국 컴퓨터공학자 팀 버너스 리가 말했다.

"기자들은 나에게 웹을 만든 결정적인 아이디어가 무엇이었는지 묻는다. 그러나 바로 이거야, 라고 할 만한 게 없었다고 말하면 오히려 그들이 당황스러워한다. 내가 웹을 발명한 것은 이런저런 아이디어를 마치 거미줄처럼 자유롭게 연결하면 되겠다는 깨달음이 있었기에 가능했다. 그런 깨달음도 정확히 그런 프로세스를 통해 이루어졌다."

모든 작품은
'브리콜라주'로
탄생한다

~~~~~

  사소한 아이디어를 메모하는 순간이 위대한 창조가 시작되는 순간이다. 스티븐 존슨은《탁월한 아이디어는 어디서 오는가》에서 "아이디어는 차고에 있던 여분의 부품들을 우연히 꿰맞춘 것일 뿐이다"라고 했다. 여분의 부품들을 모으는 메모가 지식을 구성하는 첫 번째 단계다. 그렇게 여기저기서 모은 사소한 메모가 연결되어 탁월한 아이디어 또는 작품이 만들어진다.

  '브리콜라주bricolage'는 브라질의 원시부족을 연구한 프랑스 인류사회학자 클로드 레비스트로스1908-2009가《슬픈 열대》(1955)에 이어 발표한《야생의 사고》(1962)에서 처음 사용했다. 손재주가 좋은 원주민이 어떤 긴급한 상황에서 당황하지 않고, 구할 수 있는 주변 재료를 응용하여 문제를 해결하는 능력 또는 기술을

뜻한다.

세상의 모든 이치는 통한다. 브리콜라주는 자크 아탈리가 《21세기 사전》에서 말한, 이전에 다른 용도나 목적으로 만들었던 것을 해체하고 재조립하는 '레고문명'과 통한다. 브리콜라주와 레고문명 그리고 통섭, 융합, 에디톨로지, 메모하고 기록하기는 모두 같은 맥락이다.

만화 《피너츠》의 저자 찰스 슐츠는 다소 과장되고 익살스러운 그림에 어울리는 재미있고 간결한 글을 썼다. 하지만 슐츠는 자신을 작가라고 생각해본 적이 단 한 번도 없었다. 전문교육을 받지 않은 슐츠는 자신의 아이디어나 글이 어디서 나오는지 신기할 정도라며, 아마 자신이 읽은 수많은 책 때문일 거라고 말했다. 실제로 많은 저자가 수많은 책을 해체하고 재조립하여 더 나은 책을 쓴다. '거인들의 어깨 위에 올라선 난쟁이는 거인보다 더 멀리 본다'는 말에 해당된다.

수십 권, 수백 권의 책, 즉 거인들의 어깨를 딛고 올라선 사람들은 모두가 자신만의 '결정적 순간'을 기대한다. 사진가 앙리 카르티에 브레송이 말한 '결정적 순간'이란 찰나의 '시간적 순간'이 아닌, 어떤 사물의 의미와 작가의 내면이 만나는 '심리적 순간'을 말한다.

- 어느 날 아침, 해안가 절벽을 걷다가 불현듯 매우 확고한 생각 하나가 머릿속에 떠올랐다.
- 골몰하고 있던 문제에서부터 떨어지기 위해 여행을 떠났다. 버스에 올라가기 위해 발판에 발을 딛는 순간 갑자기 해답이 떠올랐다.
- 아무리 고민해도 문제가 풀리지 않았다. 잠시 휴식을 취하는데 그냥 갑자기 아이디어가 떼를 지어 떠올랐다.

많은 학자와 저자들이 각자 다른 환경에서 이런 '결정적 순간'을 만나는데, 예외 없는 공통점이 있다. 그동안 어떤 질문을 던지고, 수많은 메모를 그러모았고, 그 메모들을 이리저리 연결하는 중이다.

"모든 동물이 오랜 시간에 걸쳐 수만 가지 변종을 만들어내는 데 늘 가장 잘 적응하는 것들만 살아남는 이유가 뭘까?"

남아메리카 해안의 지도를 그리는 임무를 맡은 영국 군함 비글호를 타고, 각 지역의 다양한 동식물을 관찰하고 메모한 찰스 다윈1809-1882이 던진 질문이다. 다윈은 3×4인치의 작은 노트를 사용했다. 1831년부터 1836년까지 항해를 마친 뒤에도 다윈의 메모는 계속됐다. 그동안 모은 메모 노트만 수십 권에 달했다. '어떤 개체가 복잡하고 다양한 생존의 조건 아래 조금이라도 유리한 변이를 타고나게 된다면, 그 개체는 생존 가능성이 높아지고 자연히 선택된다'는 진화론의 이론이 되고도 남을 만큼 충분한 메모가 있었지만, 다윈은 우연히 읽은, 엉뚱한 책에서 '결정적 순간'을 만났다.

"1838년 10월, 5년간의 항해를 마치고 체계적인 조사를 시작한 지 15개월이 지났을 때 나는 재미 삼아 경제학자인 토머스 맬서스1766-1834의 《인구론》을 읽었다. 동식물의 습성을 오랫동안 관찰해온 덕에 그들의 생존 투쟁을 충분히 인식하던 나에게 그 순간, 환경에 유리한 변종들은 살아남을 것이고 불리한 변종들은 죽어 사라질 거라는 생각이 떠올랐다. 그렇게 새로운 종이 형성되는 것이었다."(찰스 다윈,《나의 삶은 서서히 진화해왔다》)

세상은 끊임없이 이런저런 조각 사실들을 생산한다. 그 조각들을 모으는 수단이 메모다. 조각 메모를 모으고 연결하다 보면, 그동안 자신이 희미하게 알고 있던 게 서서히 명확해진다. 이제껏 따로따로 놀던 조각들이 하나로 연결되며, 어떤 그림이 보인다. 흔히 말하는 위대한 탄생, 대단한 발견, 창조적 순간이다.

스티븐 킹은 500여 편의 소설을 썼다. 그중 거의 반이 영화나 드라마로 만들어졌다. 그러니 저자 사인회에서 가장 많이 받는 질문. "그 많은 작품의 아이디어가 다 어디서 나오죠?" 스티븐 킹은 이 질문에 대답하는 게 늘 가장 고역이라고 했다. 스티븐 킹 뿐만 아니라 다른 창의적인 사람들도 대부분 속 시원하게 대답하지 못하고 우물쭈물한다. 그들이 무언가를 만든 게 아니라 무언가를 연결했기 때문이다. 그것도 대부분 우연히.

마지막까지 이렇게 묻고 싶은 이들이 있을 거다. 그래도 글이나 책을 잘 쓰는 비법이 있냐고? 대답은 간단하다. 그런 비법 같은 건 없다. 작가 아니라 작가의 작가라도 피해 갈 수 없는 한 가지 정공법이 있을 뿐이다. 메모하고 메모하고 연결하는 것.

이 책의 원고는 편집자에게 넘어갔다가 이런저런 조언과 함께 나에게 다시 넘어왔다. 나는 보름 후 수정 원고를 다시 넘기기로 했다. 원고를 이메일에 첨부하여 발송하기 직전까지 아차! 하는 메모들이 계속 떠올랐다. '왜 그 생각을 못했지?' 알고 보면 너무나 쉬운 것을 놓쳤다. 글을 쓰기 시작하면 머릿속에서 영감이 계속 떠오른다는 저자도 있지만 그들은 정말 특별하거나 아니면, "우리는 작가들로부터 어떤 영감에 쫓기면서 단숨에 써 내려갔다는 이야기를 더러 듣지만, 이것은 거짓말이다. 천재는 1퍼센트의 영감과 99퍼센트의 땀으로 이루어진다는 말은 진실이다."(움베르토 에코,《장미의 이름 작가노트》)

다시 말해 1퍼센트의 영감으로 99퍼센트의 메모를 연결하는데, 메모할 재료는 사방에 널려 있다. 흔히 장고 끝에 악수를 두는 현상을 '결정 피로decision fatigue'라고 한다. 오래 붙들고 있다고 다 좋은 건 아니라는 말이다. 오히려 너무 오래 생각하거나 선택할 게 너무 많으면 좋은 결정을 내리기 어렵다.

"중요한 것은 어디에서 손을 떼느냐이다. 시간이 많다고 해서 좋은 작품이 태어나는 것은 아니다. 오히려 기한이 정해져 있는 것이 창작하는 사람에게 매우 고마운 일이다. 인간은 경험이 많이 쌓일수록 많은 생각을 하고, 그에 따라 필연적으로 결단이 늦어진다. 어디에서 깨끗하게 손을 떼는가? 나는 그 타이밍이 기한이라는 형태로 설정되어 있는 것이 얼마나 편리한지 모른다."(히사이시 조,《감동을 만들 수 있습니까》)

자신이 만든 작품이라도 100% 만족하는 사람은 없다. 책이든 뭐든 아쉬운 것투성이지만 어느 시점에선 끝내야 한다. 끝낼 줄 알아야 학자나 저자가 될 수 있다.

"제가 만일 20년을 더 살아서 일할 수 있다면《종의 기원》에 고쳐 쓸 부분이 많을 겁니다. 어쨌든 시작일 뿐이지만 그 자체로 뭔가 의미가 있겠지요."(찰스 다윈,《나의 삶은 서서히 진화해왔다》)

무언가를 구상 또는 계획을 하고는 끝도 없이 메모만 계속하는 사람들이 있다. 메모가 많으면 좋지만 대책 없이 너무 많은 것도 문제다. 도대체 이렇게 많은 메모를 어떻게 분류하고 연결하지? 메모 더미에서 다시 필요한 메모를 수집해야 할 판이다. 자칫 그동안 모은 메모의 양에 질려 스스로 작업을 포기할 수도 있다.

조각가 알베르토 자코메티1901-1966가 말했다. "그림이란 그리면 그릴수록 점점 더 끝내는 것이 어려워진다." 그림뿐만 아니다. 모든 부문에서 너무 성실해서 오히려 실패한다는 '성실의 역설'이 작동한다.

나는 다음 책의 메모를
또 시작했다

새벽에 눈 뜨면 수동 그라인더로 커피원두를 간다. 원두가 툭 툭 깨질 때 커피향이 가장 진하다. 눈뜨자마자 커피가 당겨서가 아니라 일종의 의식 같은 거다. 책상 앞에 앉을 마음의 준비를 하는 시간인데 알고 보니 꽤 좋은 습관이다. 댄 애리얼리가 《루틴의 힘》에서 말한 '자극 루틴'인 셈이다.

"일을 시작할 때마다 항상 같은 음악을 듣거나 동일한 준비 동작을 취함으로써, 지금이 일을 시작할 시간임을 상기시킬 수 있는 나만의 '자극 루틴'을 만들자."

지루해질 만하면 커피원두 깨기와 함께 달리기도 나의 리추얼 ritual 즉 일상의 작업 습관이다. 틈날 때마다 한강을 따라 천천히 달린다. 달릴 때는 이어폰을 끼고, 휴대폰의 라디오앱을 클래식

채널에 고정시킨다. 클래식 마니아라서가 아니라 아나운서의 멘트가 가장 적어서다. 천천히 달리면 온몸에 피가 돌며 머리가 맑아진다.

달릴 때는 아무것도 생각하지 않는다. 그러려고 한다. 책상 앞에서 하던 일에서 벗어나 마음을 비우려 한다. 하지만 달리다 보면 머리가 맑아지면서 꼭 무언가 생각이 난다. 마치 발효되듯이 이런저런 메모가 기포처럼 올라온다. 그것도 대부분 매우 중요한 내용이다. 내가 놓쳤거나 틀렸거나 무언가 부족한 대목이 생각난다. 다시 책상 앞에 앉으면, 그때까지 머릿속에 남아 있는 메모를 끄집어내고, 인터넷이나 책을 참고하여 앞뒤로 연결될 만한 메모를 찾는다.

나에게 "(나이도 적지 않으면서) 그렇게 오래 달려도 괜찮아요?"라고 묻는 사람들이 있다.

"달리는 시간이 일하는 시간이에요. 달릴 때 머리가 맑아지면서 많은 생각이 떠올라요. 그래서 달리면서 메모를 많이 해요."라고 내가 대답하면 그들은 눈만 껌뻑껌뻑한다.

달리기도 일의 연장인 셈이지만 몇 시간을 계속해도 즐거운 작업 시간이다. 게다가 언젠가 운 좋게, 스티브 존슨이 말하는

'탁월한 아이디어'를 만날 수 있을지도. 스티븐 존슨이 《탁월한 아이디어는 어디서 오는가》에서 보통 천천히 걷거나 움직일 때 많은 아이디어가 떠오르고 책상 앞에 앉으면 오히려 멈추는 이유를 이렇게 설명했다.

"각각의 아이디어나 예감은 벽에 붙어 있는 원자와 같다. 원자들은 평소에는 안정된 형태로 벽에 붙어 있다. 그러다가 우리가 여기저기로 돌아다니면, 원자들이 벽에서 떨어져 움직인다. 특히 쉬면서 무의식적으로 몸이 움직일 때 원자가 가장 왕성하게 움직인다."

가끔 마라톤도 뛴다. 21킬로미터의 하프 코스는 요령이 생겨 쉬엄쉬엄 소화하지만, 42킬로미터 풀코스는 어김없이 '마라톤 벽'을 만난다. 체력이 바닥나면 정신력으로 버티지만, 체력과 정신력 둘 다 바닥날 때가 있다. 그래도 버틴다. 버틴다는 말은 안 쓰럽고 서글픈 단어지만 학자든 저자든 운동선수든 버티는 건 기본이다. 버티면 잠시 회복기가 온다. 그걸 경험하는 게 요령이다. 그렇게 벽-회복기-벽-회복기가 반복되다 보면, 골인점이 보인다. 책 쓰기도 똑같다. 늘 벽을 만난다. 마라톤을 생각하며 버틴다.

지인들이 자주 묻는다. "아직도 달리세요?"

"달리는 게 일하는 거예요"라고 대답하면, 그들은 내가 농담하는 줄 안다.

내 주변에도 자신들의 경험과 지식을 묶어 책으로 내겠다는 사람들이 여럿 있다. 나도 틈날 때마다 그들의 등을 떠밀고, 옆구리를 찌른다. 몇 사람은 책을 냈다. 몇 사람은 계속 망설이고 주저하며 시작을 못한다. 화제의 영화 〈존 말코비치 되기〉 〈이터널 선샤인〉의 각본을 담당한 찰리 코프먼이 이런 우스갯소리를 했다고 하더니만, 영락없다.

"시작해야지, 그런데 시작은 어떻게 시작하지? 일단 커피를 가지러 가야겠군. 커피를 마시면 생각하는 데 도움이 될 거야. 커피를 마시고 무언가 생각나면 시작해야지."

하지만 순서가 틀렸다. 무언가 생각하고 시작하는 게 아니라 일단 시작해야 무언가 생각이 나는 법이다. 《값비싼 대가》《우리들의 이야기》등 소설을 100권 넘게 쓴 리 마이클스는 "영감이 떠오르기를 기다려 글을 쓰겠다는 건 공항에서 기차를 기다리는 것과 같다"고 했다.

좋은 아이디어가 떠올라도 남들의 평가가 두려워 쓰지 못하는 사람도 많다. 그런 사람들에게 이 책이 꼭 필요할 거다. 나는 내 글이 여러모로 부족하다는 걸 안다. 실제로 그런 말을 듣기도 한다. 그래도 꾸준하게 책을 낸다. 남의 평가에 그다지 신경 쓰지 않아서 그런다. 한 패션업체 대표에게 기자가 물었다. "선생님이 생각하시는 세련되고 멋진 사람은 어떤 사람이죠?"

그는 일단 무척 난해하고 주관적인 질문이라고 운을 뗀 뒤 이렇게 대답했다. "남들의 시선에 그다지 신경 안 쓰는 사람이죠. 대부분 그런 사람들이 멋있어요. 진정한 자신만의 스타일이 만들어질 가능성이 매우 크죠."

글도 마찬가지다. 남의 시선에 신경 쓰면 당당하지 못하고, 가치관이 모호하다. 자신의 스타일을 만들어내지 못한다. 글쓰기에도 약간의 뻔뻔함이 필요하다. 그래야 자신만의 스타일이 나온다. 나도 글을 잘 쓴다는 말은 한 번도 못 들어봤지만, 글이 뻔뻔하게 자신 있다는 말은 몇 번 들어봤다.

나는 억지로 글을 쓰기 위해 끙끙거리지 않는다. 무언가 생각이 안 나거나 막히면, 아무 책이나 들고 읽는다. 그러면 100퍼센트, 그럴듯한 아이디어나 해답 같은 게 생각난다. 나만 그러면 좋으련만 실은 모든 저자가 가장 흔하게 써먹는 아이디어 발상법이다.

"나는 주로 내 책의 아이디어를 얻거나 새로운 어휘를 수집하기 위해 책을 읽는다. 사방 천지에 쌓아 놓은 책 중에서 가까이 있거나 지금 쓰고 있는 글에 아이디어를 줄 만한 책부터 읽기 시작한다. 때에 따라 동시에 몇 권을 펼쳐 놓고 읽기도 하고, 한 권을 집중적으로 읽기도 한다."(유영만,《브리꼴레르 : 세상을 지배할 지식인의 새 이름》)

중요한 건 메모거리를 놓치지 않는 거다. 나는 가끔 화장실에서도 휴대폰으로 신문이나 e북을 넘겨 보다가 메모할 게 보이면 그 부분을 캡처하여 메모장으로 보내는 공유를 클릭한다.

"도예 시간에 학생들을 두 그룹으로 나눈 선생님이 A그룹은 작품의 양만으로 평가하고, B그룹은 질로 평가하겠다고 했다. 평가 방식은 A그룹은 저울로 작품 무게를 달아 20킬로그램 이상은 'A'를 주고 15킬로그램 이상은 'B'를 주고 그 이하는 'C'를 주기로 했다. B그룹은 완벽한 작품만 'A'를 주겠다고 했다. 그리고 작업을 시작했는데 좋은 작품은 모두 A그룹에서만 나왔다. A그룹 학생들이 일단 작품을 시작하여 점토(메모)를 뜯어 붙일 동안 B그룹 학생들은 머리만 굴리다가 시간을 다 보내고 말았다."(데이비드 베일즈·테드 올랜드,《예술가여, 무엇이 두려운가!》)

나는 다음 책을 위한 메모를 또 시작했다. 출발은 늘 긴가민가 하다. 하지만 메모가 늘어나면서 자신감도 붙는다. 그걸 알기에 또 시작할 수 있다. 처음 메모를 시작할 때는 그저 책의 제목 정도뿐이다. 스님들이 화두를 붙들고 늘어지듯 제목을 붙들고 늘어진다. 제목은 먼저 저자를 인도하고, 나중에 독자를 인도한다. 제목과 관련된 메모를 우직하게 모으다 보면, 제목이 서서히 다듬어지고, 간혹 다른 엉뚱한 제목으로 바뀌기도 한다. 그러다 보면, 메모를 어떻게 연결해야 할지도 보인다. 영화 〈신의 한 수〉에서 안성기가 말했듯이 "인생은 고수에겐 놀이터요, 하수에겐 지옥이다." 고수와 하수는 단지 방법을 아느냐 모르느냐의 한 끗 차이뿐이다.

예비 저자들에게 꼭 들려주고 싶은 말은 아무 일도 없는 상태에 있어서는 안 된다는 거다. 일이 있든 없든 언제나 적어도 한 가지 일은 진행하고 있어야 한다. 쉬지 않고 메모하는 일 말이다.

우리는 뭐든 너무 잘하려고 한다. 실수를 안 하려고만 한다. 그러다가 아까운 세월 다 놓친다. 정답이 아니면 좀 어때? 이 세상에 절대적인 진리란 없다. 수많은 해답이 있다. 우연히 무언가를 만났을 때 퍼뜩퍼뜩 떠오르는 수많은 메모거리를 붙들기만 하면 된다. 파블로 피카소1881~1973가 "예술은 창조하는 것이 아니라 발견하는 것이다"라고 했듯이, 창조적인 사람이란 발견하는 사람이다. 즉 메모하고 메모하고 연결하는 사람이다.

마지막으로. 아주 오래전에, 내 원고를 읽은 출판사 대표가 물었다. "그런데 책을 내려는 이유가 뭡니까?"

나는 순간적으로 말문이 턱 막혔다. 너무나 당연한 걸 왜 묻지? 몹시 당황하여 좀 허둥댔다. 오랫동안 그가 왜 그런 질문을 했을지 혼자 궁금해했다. 얼마 전에 구입한 책을 읽다가, 묘하게 두 권에서 십수 년도 더 지난 그 질문의 해답을 만났다.

"정말이지 나는 책을 써서 파는 일은 되도록이면 하고 싶지 않다. 팔려고 하면 조금은 욕심이 생겨, 좋은 평판을 받고 싶기도 하고 인기를 얻고 싶은 생각도 나도 모르게 든다. 나의 품성과 작품의 품위가 얼마쯤 천해지기 쉽다. 이상적으로 말하면, 자비로 출판해서 동호인들에게 무료로 나누어주는 것이 가장 좋겠지만, 나는 가난하기 때문에 그렇게는 할 수 없다."《나쓰메 소세키 인생의 이야기》

"이 책을 내는 것도 베스트셀러 작가의 꿈을 이루려는 취지다.

원래는 돈을 벌면 기생충박물관을 지으려고 했지만, 지금은 같이 사는 개 여섯 마리를 위해 마당 있는 집을 사는 것으로 목표가 바뀌었다."(서민,《유쾌하게 떠나 명랑하게 돌아오는 독서 여행》)

나쓰메 소세키 선생은 원래 좋아하고, 서민 교수는 이 책을 읽고 좋아졌다. 역시 모든 해답은 책 속에 있다. 이제야 오래전 출판사 대표의 질문 요지를 대충 알 것 같다. 책을 내는 이유 말이다. 그때나 지금이나 내가 책을 내는 건 딱 한 가지 이유뿐이다. 오래전에는 서민 교수만큼 엄청 유쾌한 꿈을 꾸곤 했다. 지금은 한껏 쫄아들었지만 그래도 그 꿈은 변함없다. 예비 저자들도 둘 중 하나를 미리 선택해두면 좋을 거다. 혹시 출판사 대표가 물을지도 모르니까.

참고한 책

가스가 마사히토, 《100년의 난제 푸앵카레 추측은 어떻게 풀렸을까?》, 살림

Math, 2009

강원국, 《강원국의 글쓰기 : 남과 다른 글은 어떻게 쓰는가》, 메디치미디어, 2018

게리 클라인, 《통찰, 평범에서 비범으로》, 알키, 2015

김민식, 《매일 아침 써봤니?》, 위즈덤하우스, 2018

김영민, 《아침에는 죽음을 생각하는 것이 좋다》, 어크로스, 2018

김정선, 《내 문장이 그렇게 이상한가요?》, 유유, 2016

김정운, 《에디톨로지 : 창조는 편집이다》, 21세기북스, 2014

나쓰메 소세키, 《나쓰메 소세키 인생의 이야기》, 시와서, 2019

노구치 유키오, 《초정리법》, 고려원미디어, 1994

니시무라 아키라, 《CEO의 정보감각엔 뭔가 비밀이 있다》, 디자인하우스, 2002

니콜라스 카, 《생각하지 않는 사람들》, 청림출판, 2011

다치바나 다카시, 《나는 이런 책을 읽어 왔다》, 청어람미디어, 2001

다치바나 다카시, 《지식의 단련법》, 청어람미디어, 2009

댄 애리얼리 외, 《루틴의 힘》, 부키, 2020

데이비드 베일즈·테드 올랜드, 《예술가여, 무엇이 두려운가!》, 루비박스, 2012

도마베치 히데토, 《머릿속 정리의 기술》, 예문, 2015

로버트 단턴, 《책과 혁명》, 알마, 2014

로버트 루트번스타인·미셸 루트번스타인, 《생각의 탄생》, 에코의 서재, 2007

로알드 달, 《자동 작문 기계》, 녹색지팡이, 2017

마샤 게센, 《세상이 가둔 천재 페렐만》, 세종서적, 2011

마이클 루이스, 《머니볼》, 한스미디어, 2006

매튜 프레더릭, 《건축학교에서 배운 101가지》, 동녘, 2008

메이슨 커리, 《리추얼》, 책읽는수요일, 2014

무라카미 하루키, 《달리기를 말할 때 내가 하고 싶은 이야기》, 문학사상, 2009

무라카미 하루키, 《직업으로서의 소설가》, 현대문학, 2016

무라카미 하루키, 《하루키의 여행법》, 문학사상사, 2002

무라카미 하루키, 《회전목마의 데드 히트》, 문학동네, 2010

바버라 베이그, 《하버드 글쓰기 강의》, 에쎄, 2011

박지원, 《연암집》, 돌베개, 2007

배철현, 《심연: 나를 깨우는 짧고 깊은 생각》, 21세기북스, 2016

사이토 다카시, 《원고지 10장을 쓰는 힘》, 루비박스, 2005

살바도르 달리, 《살바도르 달리》, 이마고, 2002

설흔, 《공부의 말들》, 유유, 2018

스티븐 존슨, 《탁월한 아이디어는 어디서 오는가》, 한경비피, 2012

스티븐 킹, 《유혹하는 글쓰기》, 김영사, 2002

신정철, 《메모 습관의 힘》, 토네이도, 2015

안정효, 《안정효의 오역 사전》, 열린책들, 2013

앙리 카르티에 브레송, 《영혼의 시선》, 열화당, 2006

애덤 라신스키, 《인사이드 애플》, 청림출판, 2012

앨빈 토플러, 《앨런 토플러 부의 미래》, 청림출판, 2006

야하기 세이치로, 《크리에이티브 메모》, 파라북스, 2004

오가와 히토시, 《바닥난 뇌력을 끌어올리는 생각의 기술》, 팬덤북스, 2018

오스틴 클레온, 《훔쳐라, 아티스트처럼》, 중앙북스, 2013

오자와 세이지·무라카미 하루키, 《오자와 세이지 씨와 음악을 이야기하다》,
　비채, 2014

오카자키 다로, 《꿈을 이루는 노트 기술》, 청림출판, 2005

오쿠이즈미 히카루, 《가뿐하게 읽는 나쓰메 소세키》, 현암사, 2016

와다 히데키, 《마흔, 혼자 공부를 시작했다》, 더퀘스트, 2017

요헨 슈미트, 《피나 바우쉬》, 을유문화사, 2005

우라 가즈야, 《여행의 공간, 두 번째 이야기 : 건축가가 그린 세상의 모든 호텔》,
　북노마드, 2014

우라 가즈야, 《여행의 공간 : 어느 건축가의 은밀한 기록》, 북노마드, 2012

우젠광, 《레오나르도 다 빈치의 두뇌 사용법》, 아라크네, 2011

움베르토 에코, 《장미의 이름 작가노트》, 열린책들, 1994

월터 아이작슨, 《레오나르도 다빈치》, 아르테, 2019

월터 아이작슨, 《스티브 잡스》, 민음사, 2011

유르겐 쉐퍼, 《아니면 어때? : 59명의 삐딱 사고자와 질문의 힘》, 프라하, 2013

유영만, 《브리꼴레르》, 쌤앤파커스, 2017

유홍준, 《완당평전1》, 학고재, 2002

이건희, 《이건희 에세이 : 생각 좀 하며 세상을 보자》, 동아일보사, 1997

이반 일리치 외, 《전문가들의 사회》, 사월의책, 2015

이승우, 《당신은 이미 소설을 쓰기 시작했다》, 마음산책, 2006

이승우, 《소설을 살다》, 마음산책, 2008

이욱정, 《누들로드 : 3천 년을 살아남은 기묘한 음식, 국수의 길을 따라가다》,
    예담, 2009

이토 모토시게, 《도쿄대 교수가 제자들에게 주는 쓴소리》, 갤리온, 2015

자크 아탈리, 《21세기 사전》, 중앙m&b, 1999

정민, 《책벌레와 메모광》, 문학동네, 2015

정수현, 《바둑 읽는 CEO》, 21세기북스, 2009

정약용, 《유배지에서 보낸 편지》, 창비, 2009

정제원, 《작가처럼 써라》, 인물과사상사, 2014

정희모·이재성,《글쓰기의 전략》, 들녘, 2005

조세희,《난장이가 쏘아올린 작은 공》, 이성과 힘, 2000

존 말루프,《비비안 마이어 : 나는 카메라다》, 월북, 2015

존 버거,《우리가 아는 모든 언어》, 열화당, 2017

찰스 다윈,《나의 삶은 서서히 진화해왔다》, 갈라파고스, 2003

찰스 부코스키,《글쓰기에 대하여》, 시공사, 2016

찰스 부코스키,《팩토텀》, 문학동네, 2007

찰스 슐츠,《찰리 브라운과 함께한 내 인생》, 유유, 2015

천명철,《어느 날 사진이 가르쳐준 것들》, 미진사, 2006

최연구,《미래를 예측하는 힘》, 살림, 2009

최정동,《로마제국을 가다 1》, 한길사, 2007

캐빈 애슈턴,《창조의 탄생》, 북라이프, 2015

크리스토퍼 맥두걸,《본 투 런》, 여름언덕, 2016

클레이턴 크리스텐슨,《일의 언어 : 새로운 미래를 발견하는 문제 인식의 틀》,
     알에이치코리아, 2017

클로드 레비스트로스,《야생의 사고》, 한길사, 1996

톰 니콜스,《전문가와 강적들 : 나도 너만큼 알아》, 오르마, 2017

트와일라 타프,《천재들의 창조적 습관》, 문예출판사, 2006

프랑수아즈 지루,《루 살로메》, 해냄, 2006

프리드리히 니체,《차라투스트라는 이렇게 말했다》, 책세상, 2000

피터 드러커,《프로페셔널의 조건》, 청림출판, 2001

필립 퍼키스,《필립 퍼키스의 사진강의 노트》, 눈빛, 2009

헤이즈 B. 제이콥스,《논픽션 쓰는 법》, 보성사, 1987

히구치 다케오,《일하는 사람을 위한 노트법》, 들녘미디어, 2004

히사이시 조,《감동을 만들 수 있습니까》, 이레, 2008

"너무 많이 생각하지 말고
그냥 메모를 시작해.
그리고 연결해."

글쓰기의 상식에 헤딩하기

초판 1쇄 발행 2020년 8월 12일

지은이 유귀훈
펴낸이 조자경
펴낸곳 블루페가수스

책임편집 정민규
디자인 데시그 이하나
마케팅 천정한
SNS 홍보 이선미
경영지원 이진희

출판등록 2017년 11월 23일(제2017-000140호)
주소 07327 서울 영등포구 여의나루로71 동화빌딩 1607호
전화 02)780-1222, 02)780-4392 **주문팩스** 02)6008-5346
원고투고 hanna126@hanmail.net

ⓒ 2020 유귀훈

ISBN 979-11-89830-14-4 03800

* 책값은 뒤표지에 있습니다.
* 잘못된 책이나 파손된 책은 구입하신 서점에서 바꾸어드립니다.